Harry Potter and
the Half-Blood Prince

ハリー・ポッターと謎のプリンス

J.K.ローリング

松岡佑子＝訳

To Mackenzie,
my beautiful daughter,
I dedicate
her ink and paper twin

Original Title: HARRY POTTER AND THE HALF-BLOOD PRINCE

First published in Great Britain in 2005
by Bloomsbury Publishing Plc, 50 Bedford Square, London WC1B 3DP

Japanese edition first published in 2006

This book is published in Japan by arrangement with
the author through The Blair Partnership

ハリー・ポッターと謎のプリンス 6-1 目次

ハリー・ポッターと謎のプリンス　6-2

ハリー・ポッターと謎のプリンス　6-3

第１章　むこうの大臣

　まもなく夜中の十二時になろうとしている。執務室にひとり座り、首相は長ったらしい文書に目を通している。しかし、内容はさっぱり頭に残らないまま素通りしていた。さる遠国の元首からかかってくるはずの電話を待っているところなのだが、いったい、いつになったら電話をよこすつもりなのかと訝(いぶか)ってみたり、やたら長くてやっかいだったこの一週間の不愉快な記憶の数々を頭の隅に追いやるのに精一杯で、ほかにはほとんどなにも頭に入ってこない。

　開いた文書の活字に集中しようとすればするほど、首相の脳裏には、ほくそ笑んでいる政敵の一人の顔がありありと浮かんでくる。今日も今日とて、その政敵殿はニュースに登場し、この一週間に起こった恐ろしい出来事を、（まるで傷口に塩を塗るかのように）いちいちあげつらったばかりか、どれもこれもが政府のせいだと、ご親切にもぶち上げてくださった。

なんのかのと非難されたことを思い出すだけで、首相の脈拍は速くなる。連中の言うこととときたら、フェアでもなければ真実でもない。あの橋が落ちたことだって、まさか政府がそれを阻止できたとでも言うつもりなのか。政府が橋梁に十分な金をかけていないなどと、まるで手抜き工事を指示したみたいに言うやつの顔が見たいものだ。あの橋は、できてまだ十年と経っていない。なぜそれが真っ二つに折れて、十台以上の車が下の深い川に落ちたのかなんて、最高の専門家でさえ説明のしようがないのだ。

それに、さんざん世間を騒がせた例の二件の残酷な殺人事件にしたって、そもそも警官が足りないせいで起こったなどと、よくも言えたものだ。加えて、西部地域に多大な人的・物的被害を与えたあの異常気象のハリケーンだが、政府がなんとか予測できたはずだって？　その上、政務次官の一人であるハーバート・チョーリーがよりによってこの一週間、相当に様子がおかしくなり、「家族と一緒に過ごす時間を増やす」という体のいい理由をつけて辞職となったことまで、首相である私の責任だと言うのか。

「わが国はすっぽりと暗いムードに包まれている」と締めくくりながら、あの政敵殿は含み笑いを隠し切れないご様子だった。

しかし残念ながら、その言葉だけはまぎれもなく真実を言いえている。たしかに、人々はこれまでになく惨(みじ)めな思いをしている。首相自身もそう感じていた。天候までもが落ち込んでいる。七月半ばだというのに、この冷たい霧は……変だ。どうもおかしい……。

首相は文書の二ページ目をめくったが、まだまだ先が長いとわかるとやるだけむだとあきらめ、両腕を上げて伸びをしながら憂鬱(ゆううつ)な気分で部屋を見回した。瀟洒(しょうしゃ)な部屋だ。上質の大理石の暖炉の反対側にある縦長の窓はしっかり閉じられ、季節はずれの寒さを締め出している。首相はぶるっと身震いをひとつして立ち上がり、窓辺に近寄って、窓ガラスを覆うように垂れ込めている薄い霧を眺める。ちょうどそのとき、部屋に背を向けていた首相の背後で、軽い咳(せき)ばらいが聞こえた。

首相はその場に凍りつき、目の前の暗い窓ガラスに映っている自分の怯(おび)えた顔を見つめた。この咳ばらいは……以前にも聞いたことがある。首相はゆっくりと体の向きを変え、がらんとした部屋に顔を向けた。

「だれかね?」声だけは気丈に、首相は呼びかける。

答える者などいはしないと、ほんの一瞬、首相は虚しい望みを抱く。しかし、たちまち返事が返ってきた。まるで準備した文章を棒読みしているような、てきぱきと杓(しゃく)子定規(しじょうぎ)な声だ。声の主は——最初の咳ばらいで首相にはわかっていたのだが——あの蛙顔の小男だ。長い銀色の鬘を着けた姿で、部屋の一番隅にある汚れた小さな油絵に描かれている。

「マグルの首相閣下。火急にお目にかかりたし。至急お返事のほどを。草々。ファッジ」

絵の主は答えを促すように首相を見る。

「あー」首相が応える。「実はですな……いまはちょっと都合が……電話を待っているところで、えー……さる国の元首からでして――」

「その件は変更可能」絵が即座に答えた。

首相はがっかりした。そうなるのではと、実は恐れてもいた。

「しかし、できれば私としては電話で話を――」

「その元首が電話するのを忘れるように、我々が取り計らう。その代わり、その元首は明日の夜、電話するであろう」小男が言い募る。「至急ファッジ殿にお返事を」

「私としては……いや……いいでしょう」首相が力なく言う。

「ファッジ大臣にお目にかかりましょう」

ネクタイを締めなおしながら、首相は急いで机にもどった。椅子に座り、泰然自若とした表情をなんとか取り繕ったとたん、大理石のマントルピースの中で、薪もない空の火格子に突然明るい緑の炎が燃え上がる。驚きうろたえた素振りなど微塵も見せまいと気負いながら、首相は小太りの男が独楽のように回転して炎の中に現れるのを見つめた。

まもなく男は、ライムグリーンの山高帽子を手に、細縞の長いマントの袖の灰を払い落としながら、かなり高級な年代物の敷物の上に這い出てきた。

「おお……首相閣下」

コーネリウス・ファッジが、片手を差し出しながら大股で進み出る。

「またお目にかかれて、うれしいですな」

同じ挨拶を返す気にもなれず、首相はなにも言わずに手をにぎる。ファッジに会えてうれしいなどとは、お世辞にも言えない。ときどきファッジが現れることだけでも度肝を抜かされるのに、その上現れるときは、たいがい悪い知らせを聞かされるのが落ちなのだ。

ファッジは目に見えて憔悴していた。やつれてますます禿げ上がり、白髪も増え、げっそりとした表情をしている。首相は、政治家がこんな表情をしているのを以前にも見たことがある。けっして吉兆ではない。

「なにか御用ですかな?」

首相はそそくさとファッジとの握手を終え、机の前にある一番硬い椅子を勧めた。

「いやはや、なにからお話ししてよいやら」ファッジは椅子を引き寄せて座り、ライムグリーンの山高帽を膝(ひざ)の上に置きながらボソボソと話しはじめた。「いやはや先週ときたら、いやまったく……」

「あなたのほうもそうだったわけですな？」

首相は、つっけんどんに口を挟んだ。ファッジからこれ以上なにか聞かせていただくまでもなく、すでに当方は手一杯なのだということがこれで伝わればよいのだが、と思いながら。

「ええ、そういうことです」

ファッジは疲れた様子で両目をこすり、陰気くさい目つきで首相を見る。

「首相閣下、私のほうもあなたと同じ一週間でしたよ。ブロックデール橋……ボーンズとバンスの殺人事件……言うまでもなく、西部地域の惨事……」

「すると――あー――そちらのなにが――つまり、ファッジ大臣の部下の方たちが何人か――かかわって――そういう事件にかかわっていたということで？」

ファッジはかなり厳しい目つきで首相を見据(みす)えた。

「もちろんかかわっていましたとも。閣下は当然、なにが起こっているかにお気づきだったでしょうな？」

「私は……」

首相は口ごもった。

こういう態度を取られるからこそ、首相はファッジの訪問がいやなのだ。やせても枯れても自分は首相だ。なんにも知らない子供みたいな気持ちにさせられるのはおもしろくない。

しかし、そう言えば最初からずっとこうだ。首相になった最初の夜、ファッジとはじめて会ったそのときからこうなのだ。昨日のことのように覚えている。そして、きっと死ぬまでその思い出につきまとわれるにちがいない。

まさにこの部屋だ。長年の夢と企てでやっと手に入れた勝利を味わいながら、この部屋にひとり佇(たたず)んでいたそのとき、ちょうど今夜のように、背後で咳(せき)ばらいが聞こえた。振り返ると小さい醜い肖像画が話しかけてくる。魔法大臣がまもなく挨拶にやってくると知らせる。

「魔法大臣?」

当然のことながら、長かった選挙運動や選挙のストレスで頭の調子が一瞬おかしくなったのだと、首相はそう思った。しかし、肖像画が話しかけているのを知ったときのぞっとする恐ろしさも、そのあとの出来事の恐怖に比べればなんということもない。いきなり暖炉から男が飛び出してきて、自らを魔法使いと名乗り、首相と握手したのだ。

ファッジはご親切にもこうも言った。魔女や魔法使いは、いまだに世界中に隠れ住んでいる。しかし首相をわずらわせることはないから安心するように。魔法省が魔法界全体に責任を持ち、非魔法界の人間に気取られないようにしているから、と――ファッジが説明する間、首相は一言も言葉を発しなかった。

さらにファッジはこう続けた。魔法省の仕事は難しく、責任ある箒(ほうき)の使用法に関する規制からドラゴンの数を増やさないようにすることまで（この時点で首相は、机につかまって体を支えたのを覚えている）、ありとあらゆる仕事を含んでいる。そしてファッジは、呆然としている首相の肩を父親のような雰囲気でたたいていた。

「ご心配めさるな」

そのときファッジはたしかに言った。

「たぶん、二度と私に会うことはないでしょう。我が方で本当に深刻な事態が起こらないかぎり、私があなたをおわずらわせするようなことはありませんからな。マグル――非魔法族ですが――マグルに影響するような事態に立ち至らなければ、ということですよ。それさえなければ、平和共存ですからな。ところで、あなたは前任者よりずっと冷静ですなあ。前首相ときたら、私のことを政敵が仕組んだ悪い冗談だと思ったらしく、窓から放り出そうとしましてね」

ここにきて首相はやっと声が出るようになった。

「すると――悪い冗談、ではないと？」最後の、一縷の望みだったのに。「ちがいますな」ファッジがやんわりと否定する。「残念ながら、冗談ではありません。そーれ」

そしてファッジは、首相の紅茶カップをスナネズミに変えてしまった。

「しかし……」

紅茶カップ・スナネズミが次の演説の原稿の端をかじり出すのを見ながら、首相は息を殺して反論する。

「しかし、なぜ――なぜだれも私に話して――？」

「魔法大臣は、そのときの首相にしか姿を見せませんのでね」

ファッジは上着のポケットに杖を突っ込みながら平然として言う。

「秘密を守るにはそれが一番だと考えましてね」

「しかし、それなら」首相の口調が愚痴っぽくなる。

「前首相はどうして私に一言警告して――？」

ファッジが笑い出した。

「親愛なる首相閣下。あなたならだれかに話しますかな？」

声を上げて笑いながら、ファッジは暖炉に粉のようなものを投げ入れ、エメラルド色の炎の中に入り込み、ヒュッという音とともに姿を消した。首相は身動きもせずその場に立ちすくんでいた。言われてみれば、今夜のことは、口が裂けても一生だれにも話さないだろう。たとえ話したところで、世界広しといえどもいったいだれが信じると言うのか？

ショックが消えるまでしばらくかかった。過酷な選挙運動中の睡眠不足がたたってファッジの幻覚を見たのだと、一時はそう思い込もうとした。不愉快な出会いを思い出させるものはすべて処分してしまおうとあがきもした。スナネズミを姪にくれてやったら、姪は大喜びだった。

さらに、ファッジの来訪を告げた醜い小男の肖像画を取り外すよう秘書官に命じもしたが、肖像画は、首相の困惑をよそにてこでも動かなかった。大工が数人、建築業者が二人ほどに美術史専門家が一人、それに大蔵大臣まで、全員が肖像画を壁からはがそうと躍起になったがどうにもならず、首相は取り外すのをあきらめて、自分の任期中は、なにとぞこの絵が動かずに黙っていますようにと願うばかりとなった。絵の主がときどきあくびをしたり、鼻の頭を掻いたりするのをたしかにちらりと目にしたこともある。それればかりか、泥色のキャンバスだけを残して、額から出ていってしまったことも一度や二度ではない。しかし首相は、できるだけ肖像画を見ないように修練したたし、そんなこんなが起こったときには必ず、目の錯覚だとしっかり自分に言い聞かせられるようにもなった。

　ところが三年前のちょうど今夜のような夜、一人で執務室にいると、またしても肖像画がファッジがまもなく来訪すると告げ、ずぶ濡れであわてふためいたファッジが、暖炉からワッと飛び出してきた。上等なアクスミンスター織りの絨毯（じゅうたん）にボタボタ滴（しずく）を垂らしている理由を首相が問いただす間もなく、ファッジは、首相が聞いたこともない監獄のことやら「シリアス・ブラック」とかいう男のこと、ホグワーツとかなんとか、ハリー・ポッターという名の男の子とかについてわめき立てはじめた。どれもこれも、首相にとってはちんぷんかんぷんだった。

「……アズカバンに行ってきたところなんだが」

　ファッジは山高帽の縁に溜まった大量の水をポケットに流し込み、息を切らして説明しはじめた。

「なにしろ、北海の真ん中からなんで、飛行もひと苦労で……吸魂鬼（ディメンター）は怒り狂っているし――」

　ファッジは身震いする。

「――これまで一度も脱走されたことがないんでね。とにかく、首相閣下、あなたをお訪ねせざるをえませんでした。ブラックはマグル・キラーで通っているし、『例のあの人』と合流することを企んでいるかもしれません……と言っても、あなたは、『例のあの人』が何者かさえご存知ないでしょうが」

　ファッジは一瞬、途方に暮れたように首相を見つめたが、やがてこう告げる。

「さあ、さあ、ぼうっと突っ立っていないで、お掛けなさい。少し事情を説明したほうがよさそうだ……ウィスキーでもいかがかな……」

　自分の部屋でお掛けなさいと言われるのも癪《しゃく》だったが、ましてや自分のウィスキーを勧められるとは思わなかった。首相はとにかく椅子に座った。するとファッジは杖《つえ》を引っぱり出し、どこからともなくなみなみと琥珀色《こはくいろ》の液体の注がれた大きなグラスを二個取り出して、一つを首相の手に押しつけると、自分も椅子に掛けた。

　ファッジの話は一時間以上も続いた。話の中で一度、ある人物の名前を口にすることを拒み、その代わり羊皮紙《ようひし》に名前を書いて、ウィスキーを持っていないほうの首相の手にそれを押しつけた。ファッジがようやく腰を上げて帰ろうとしたとき、首相も立ち上がった。

「では、あなたのお考えでは……」

　首相は目を細めて、左手に持った名前を読み上げようとする。

「このヴォル――」

「名前を言ってはいけないあの人！」ファッジが首相を遮《さえぎ》るようにうなった。

「失礼……『名前を言ってはいけないあの人』が、まだ生きているとお考えなのですね？」

「まあ、ダンブルドアはそう言うが――」

ファッジは細縞のマントの紐を首の下で結びながら言う。

「しかし、我々は結局その人物を発見してはいない。私に言わせれば、配下の者がいなければ、その人物はそれほど危険ではないのでね。そこで心配すべきなのはブラックだというわけです。では、先ほど話した警告をお出しいただけますな？　結構。さて、首相閣下、願わくはもうお目にかかることがないよう！　おやすみなさい」

ところが、二人は三度会うことになる。それから一年と経たないうちに、困り切った顔のファッジがどこからともなく閣議室に姿を現し、首相にこう告げていた。

――クウィディッチ（そんなふうに聞こえた）のワールドカップでちょっと問題があり、マグルが数人「巻き込まれた」が、首相は心配しなくてよい。「例のあの人」の印がふたたび目撃されたと言っても、なんの意味もないことだ。ほかとは関連のない特殊な事件だと確信しており、こうしている間にも、「マグル連絡室」が必要な記憶修正措置を取っている――と。

「ああ、忘れるところだった」ファッジがつけ加えた。

「三校対抗試合のために、外国からドラゴンを三頭とスフィンクスを入国させますがね、なに、そんなに特別なことではありませんよ。ただ、非常に危険な生物をこの国に持ち込むときはあなたにお知らせしなければならないと、規則にそう書いてあるらしい。『魔法生物規制管理部』からそう言われましてね」

「それは――えっ――ドラゴン？」首相はあわてて聞き返す。

「さよう。三頭です」ファッジがなんでもないように答える。「それと、スフィンクスです。では、ご機嫌よう」

首相はドラゴンとスフィンクスこそが極めつきで、まさかこれ以上悪くなることはなかろうと願っていた。

ところがである。それから二年と経たないうちに、ファッジがまたしても炎の中から忽然と現れる。今度はアズカバンから集団脱走したという知らせだった。

「集団脱走？」聞き返す首相の声がかすれる。

「心配ない、心配ない！」

そうさけびながら、ファッジはすでに片足を炎に突っ込んでいた。

「全員すぐさま逮捕する――ただ、あなたは知っておくべきだと思って！」

首相が「ちょっと待ってください！」とさけぶ間もなく、ファッジは緑色の激しい火花の中に姿を消していた。

マスコミや野党がなんと言おうと、首相はばかではなかった。ファッジが最初の出会いで請け合ったのとは裏腹に、二人はかなり頻繁に顔を合わせることになっていたし、ファッジのあわてふためきぶりが回を重ねるたびにひどくなっていることにも、首相は気づいていた。魔法大臣（首相の頭の中では、ファッジを『むこうの大臣』と呼んでいた）のことはあまり考えたくなかったが、この次にファッジが現れるときは、おそらくいっそう深刻な知らせになるのではないかと懸念もしていた。

そして今回、またもや炎の中から現れたファッジは、よれよれの姿でいらついていて、ファッジがなぜやってきたのか理由がはっきりわからないという首相に対して、それを咎めるかのように驚いてみせた。そんなファッジの姿を目にしたことこそ、首相にとっては、この暗澹たる一週間で最悪の事件と言ってもよかった。

「私にわかるはずがないでしょう？　その――えー――魔法界でなにが起こっているかなんて」

今度は首相がぶっきらぼうに言い捨てた。

「私には国政という仕事がある。いまはそれだけでも十分頭痛の種なのに、その上に――」

「同じ頭痛の種ですよ」

ファッジが口を挟む。

「ブロックデール橋は古くなったわけじゃない。あれは実はハリケーンではなかった。殺人事件もマグルの仕業じゃない。それに、ハーバート・チョーリーは、家に置かないほうが家族にとって安全でしょうな。『聖マンゴ魔法疾患傷害病院』に移送するよう、現在手配中です。移すのは今夜のはずです」

「どういうこと……私にはどうも……なんだって？」首相がわめいた。

ファッジは大きく息を吸い込んでから話し出した。

「首相閣下、こんなことを言うのは非常に遺憾だが、あの人がもどってきました。『名前を言ってはいけないあの人』がもどったのです」

「もどった？『もどった』とおっしゃるからには……生きていると？　つまり――」

首相は三年前のあの恐ろしい会話を思い出し、細かな記憶を手繰る。ファッジが話してくれた、だれよりも恐れられているあの魔法使い、数え切れない恐ろしい罪を犯した後、十五年前に謎のように姿を消したという魔法使い。

「さよう、生きています」ファッジが答える。

「つまり――なんと言うか――殺すことができなければ、生きているということになりますかな？　私にはどうもよくわからんのです。それに、ダンブルドアはちゃんと説明してくれないし――しかしともかく、『あの人』は肉体を持ち、歩いたりしゃべったり殺したりしているわけでして、ほかに言いようがなければ、さよう、生きていることになりますな」

首相はなんと言ってよいやらわからなかった。しかし、どんな話題にも熟知しているように見せかけたいという身についた習慣のせいで、これまでの何回かの会話の詳細をなんでもいいから思い出そうと、急いであれこれ記憶をたどった。

「シリアス・ブラックは——あー——『名前を言ってはいけないあの人』と一緒に？」

「ブラック？　ブラック？」

ファッジは山高帽を指でくるくる回転させながら、ほかのことを考えている様子でいる。

「シリウス・ブラック、のことかね？　いーや、とんでもない。ブラックは死にましたよ。我々が——あー——ブラックについてはまちがっていたようで。結局あの男は無実でしたよ。それに、『名前を言ってはいけないあの人』の一味でもなかったですな。とは言え——」

ファッジは帽子をますます早回ししながら、言い訳がましく言葉を続けた。

「すべての証拠は——五十人以上の目撃者もいたわけですがね。——まあ、しかし、とにかく、あの男は死にました。実は殺されました。魔法省の敷地内で。実は調査が行われる予定で……」

首相はここでファッジがかわいそうになり、ちくりと胸が痛んで自分でも驚いた。しかし、そんな気持ちは、輝かしい自己満足の前にたちまちかき消されてしまった──暖炉から姿を現す分野では劣っているかもしれないが、自分の管轄する政府の省庁の中で殺人などあったためしはない……少なくともいままでは……。

幸運が逃げないまじないに、首相が木製の机にそっと触れる間も、ファッジはしゃべり続けている。

「しかし、ブラックのことはいまは関係ない。要は、首相閣下、我々が戦争状態にあるということでありまして、態勢を整えなければなりません」

「戦争？」首相は神経を尖らせた。「まさか、それはちょっと大げさじゃありませんか？」

「『名前を言ってはいけないあの人』は、一月にアズカバンを脱獄した配下といまや合流したのです」

ファッジはますます早口になり、山高帽を目まぐるしく回転させるものだから、帽子はライムグリーン色にぼやけた円になっている。

「存在があからさまになって以来、連中は破壊騒動を引き起こしていましてね。ブロックデール橋──『あの人』の仕業ですよ、閣下。私が『あの人』に席を譲らなければ、マグルを大量虐殺すると脅しをかけてきましてね──」

「なんと、それでは何人かが殺されたのは、すべてあなたのせいだと。それなのに私は、橋の張り線や伸縮継ぎ手の錆とか、そのほかなにが飛び出すかわからないような質問に答えなければならない！」首相は声を荒らげた。

「私のせい！」ファッジの顔に血が上る。「ならば、あなたならそういう脅しに従うだろうとおっしゃるわけですか？」

「いや、たぶん、脅しには屈しないでしょう」

首相は立ち上がって部屋の中を往ったり来たりしながら言った。

「しかし私なら、脅迫者がそんな恐ろしいことを引き起こす前に逮捕するよう、全力を尽くしたでしょうな！」

「私がこれまで全力を尽くしていなかったと、本気でそうお考えですか？」

ファッジが熱くなって問いただす。

「魔法省の闇祓いは全員、『あの人』を見つけ出してその一味を逮捕するべくがんばりましたとも――いまでもそうです。しかし、相手はなにしろ史上最強の魔法使いの一人で、ほぼ三十年にわたって逮捕を免れてきたやつですぞ！」

「それじゃ、西部地域のハリケーンも、そいつが引き起こしたとおっしゃるのでしょうな？」

首相は一歩踏み出すごとに癇癪が募ってくる。一連の恐ろしい惨事の原因がわかっても、国民にそれを知らせることができないとは腹立たしいにもほどがある。政府に責任があるほうがまだましだ。

「あれはハリケーンではなかった」ファッジは惨めな言い方をした。

「なんですと！」

首相はいまや、足を踏み鳴らして歩き回っている。

「樹木は根こそぎ、屋根は吹っ飛ぶ、街灯は曲がる、人はひどいけがをする――」

「死喰い人がやったことでしてね」ファッジが言う。

「『名前を言ってはいけないあの人』の配下ですよ。それと……巨人がからんでいると睨んでいるのですがね」

「なにがからんでいるですって？」

首相は、見えない壁に衝突したかのように、ばったり停止した。

ファッジは顔をしかめる。

「『あの人』は前回も、人目に立たせたいときには巨人を使った。『誤報局』が二十四時間体制で動いていますよ。現実の出来事を見たマグル全員に記憶修正をかけるのに、忘却術士たちが何チームも動きましたし、『魔法生物規制管理部』の大半の者がサマセット州を駆けずり回ったのですが、巨人は見つかっとらんのでして――大失敗ですな」

「そうでしょうとも！」首相がいきり立つ。

「たしかに魔法省の士気はそうとう落ちていますよ」ファッジが続ける。

「その上、アメリア・ボーンズを失うし」

「だれを？」

「アメリア・ボーンズ。魔法法執行部の部長ですよ。我々としては、『名前を言ってはいけないあの人』自身の手にかかったと考えていますがね。なにしろたいへん才能豊かな魔女でしたし、それに――状況証拠から見て、激しく戦ったらしい」

ファッジは咳ばらいをひとつくれたあと、自制心を働かせたらしく、山高帽を回すのをやめた。

「しかし、その事件は新聞に載っていましたが――」

首相は自分が怒っていることも一瞬忘れて聞く。

「我々の新聞にです。アメリア・ボーンズ……一人暮らしの中年の女性と書いてあるだけでした。たしか――無残な殺され方、でしたな？　マスコミがかなり書き立てましたよ。なにせ、警察が頭をひねりましてね」

ファッジはため息をついた。

「ああ、そうでしょうとも。中から鍵がかかった部屋で殺された。そうでしたな？ところが我々のほうは、下手人がだれかをはっきり知っている。だからと言って、我々がすぐにでも下手人を逮捕できるというわけではないのですがね。それに、次はエメリーン・バンスだ。その件はお聞きになっていないのでは――」

「聞いていますとも！」首相が答えた。

「実は、その事件はこのすぐ近くで起こりましてね。新聞が大はしゃぎでしたよ。『首相のお膝元で法と秩序が破られた――』」

「それでもまだ足りないとばかり――」

ファッジは首相の言葉をほとんど聞いていない。

「吸魂鬼がうじゃうじゃ出没して、あっちでもこっちでも手当たり次第に人を襲っている……」

その昔、より平和なときだったら、吸魂鬼などと聞いても首相にはわけがわからなかったはずだが、いまや知恵がついている。

「『吸魂鬼』はアズカバンの監獄を守っているのではなかったですかな？」

首相は慎重な聞き方をした。

「そうでした」ファッジは疲れたように応じる。

「しかし、もういまは監獄を放棄して、『名前を言ってはいけないあの人』につきましたよ。これが打撃でなかったとは言えませんな」

「しかし……」首相は徐々に恐怖がわき上がってくるのを感じた。

「その生き物は、希望や幸福を奪い去るとかおっしゃいませんでしたか?」

「たしかに。しかも連中は確実に増えている。だからこんな霧が立ち込めているわけでして」

首相は、よろよろとそばの椅子にへたり込んだ。見えない生き物が町や村の空を襲い飛び回り、自分の支持者である選挙民に絶望や失望を撒(ま)き散らしていると思うと、めまいがする。

「いいですか、ファッジ大臣——あなたは手を打つべきです! 魔法大臣としてのあなたの責任でしょう!」

「いや、いや、首相閣下、こんなことがいろいろあったあとでも私がまだ大臣の座に留まっているなんて、本気でそう思われますかな? 三日前にクビになりました! 魔法界全体が、この二週間、私の辞任要求をさけび続けましてね。私の任期中にこれほど国がまとまったことはないですわ!」

ファッジは勇敢にもほほえんでみせようとした。

首相は一瞬言葉を失う。自分がこんな状態に置かれていることで怒ってはいるものの、目の前に座っている萎(しな)びた様子の男が、やはり哀れに思えた。

「ご愁傷(しゅうしょう)さまです」ややあって、首相が言葉をかけた。「なにかお力になれることは?」

「恐れ入ります、閣下。しかし、なにもありません。今夜は、最近の出来事についてあなたにご説明し、私の後任をご紹介する役目で参りました。もうとっくに着いてもいいころなのですが、なにしろ魔法大臣はいま、多忙でいらっしゃる。なんやかやとあって……」

ファッジは振り返って醜い小男の肖像画を見た。銀色の長い巻き毛の鬘（かずら）を着けた男は、羽根ペンの先で耳をほじっている。

ファッジの視線をとらえた肖像画が告げる。

「まもなくお見えになるでしょう。ちょうどダンブルドアへのお手紙を書き終えたところです」

「ご幸運を祈りたいですな」

ファッジははじめて辛辣（しんらつ）な口調になった。

「ここ二週間、私はダンブルドアに毎日二通ずつ手紙を書き続けたのに、頑として動いてくれようとしない。ダンブルドアがあの子をちょっと説得する気になってくれていたら、もしかしたら私はまだ……まあ、スクリムジョールのほうがうまくやるかもしれないがな」

ファッジは口惜しげにむっつりと黙り込んだ。しかし、沈黙はほとんどすぐに破られた。肖像画が、突然、事務的な切り口上でこう告げる。

「マグルの首相閣下。面会の要請。緊急。至急お返事のほどを。魔法大臣 ルーファス・スクリムジョール」

「はい、はい、結構」首相はほかのことを考えながら生返事を返した。

火格子(ひごうし)の炎がエメラルド色になって高く燃え上がり、その中心部で独楽(こま)のように回っている今夜二人目の魔法使いの姿が見えた。やがてその魔法使いが炎から吐(は)き出されるように年代物の敷物の上に現れたときも、首相はぴくりともしなかった。ファッジが立ち上がる。しばらく迷ってから首相もそれに倣(なら)い、到着したばかりの人物が身を起こして、長く黒いローブの灰を払い落とし、周囲を見回すのを見つめた。

年老いたライオンのようだ――ばかばかしい印象だが、ルーファス・スクリムジョールを一目見て、首相はそう思った。たてがみのような黄褐色の髪やふさふさした眉(まゆ)は白髪交じりで、細縁(ほそぶち)メガネの奥に黄色味がかった鋭い眼が光っている。わずかに足を引きずってはいたが、手足が細長く、軽やかで大きな足取りには一種の優雅さがあった。俊敏で強靭(きょうじん)な印象がすぐに伝わってくる。この危機的なときに、魔法界の指導者としてファッジよりもスクリムジョールが好まれた理由が、首相にはわかるような気がした。

「はじめまして」首相は手を差し出しながら丁寧に挨拶をした。

スクリムジョールは、部屋中に目を走らせながら軽く握手し、ローブから杖を取り出した。

「ファッジからすべてお聞きになりましたね?」

スクリムジョールは入口のドアまで大股で歩いていき、鍵穴を杖でたたいた。首相の耳に、鍵がかかる音が聞こえた。

「あー——ええ」首相が答える。

「さしつかえなければ、ドアには施錠しないでいただきたいのですが」

「邪魔されたくないので」スクリムジョールの答えは短い。

「それに覗かれたくもない」杖を窓に向けると、カーテンが閉まった。

「これでよい。さて、私は忙しい。本題に入りましょう。まず、あなたの安全の話をする必要がある」

首相は可能なかぎり背筋を伸ばして答える。

「現在ある安全対策で十分満足しています。ご懸念には——」

「我々は満足していない」

スクリムジョールが首相の言葉を遮った。

「首相が『服従の呪文』にかかりでもしたら、マグルの前途が案じられる。執務室の隣の事務室にいる新しい秘書官だが——」

「キングズリー・シャックルボルトのことなら、手放しませんぞ！」

首相が語気を強めた。

「あれはとてもできる男で、ほかの人間の二倍の仕事をこなす――」

「あの男が魔法使いだからだ」スクリムジョールはにこりともせずに言い放つ。

「高度に訓練された闇祓いで、あなたを保護する任務に就いている」

「ちょっと待ってくれ！」

首相がきっぱりと反論を述べる。

「執務室にそちらが勝手に人を入れることはできますまい。私の部下は私が決める――」

「シャックルボルトに満足していると思ったが？」スクリムジョールが冷静な声で言う。

「満足はしている――いや、していたが――」

「それなら、問題はないでしょう？」スクリムジョールはにべもない。

「私は……それは、シャックルボルトの仕事が、これまでどおり……あー……優秀ならば」

首相の言葉は腰砕けに終わった。しかし、スクリムジョールはほとんど聞いていないようだ。

「さて、政務次官のハーバート・チョーリーだが――」

スクリムジョールが続ける。

「公衆の面前でアヒルに扮しておどけていた男のことだ」

「それがどうしました？」

「明らかに『服従の呪文』をかけそこねた結果です」スクリムジョールが言う。「頭をやられて混乱しています。しかし、まだ危険人物たりうる」

「ガーガー鳴いているだけですよ！」首相が力なく言う。「ちょっと休めばきっと……酒を飲みすぎないようにすればたぶん……」

「こうしている間にも、『聖マンゴ魔法疾患傷害病院』の癒師団が、診察をしています。これまでのところ、患者は癒師団の癒者三人を絞め殺そうとしました」

スクリムジョールがきっぱり言う。

「この男はしばらくマグル社会から遠ざけたほうがよいと思います」

「私は……でも……チョーリーは大丈夫なのでしょうな？」首相が心配そうに聞く。

スクリムジョールは肩をすくめ、すでに暖炉に向かっている。

「さあ、これ以上言うことはありません。閣下、これからの動きはお伝えしますよ――私個人は忙しくて伺えないかもしれませんが、そのときは、少なくともこのファッジを遣わします。顧問の資格で留まることに同意しましたので」

ファッジはほほえもうとしてしくじり、歯が痛むような顔になっただけだった。スクリムジョールはすでにポケットを探ってあの不可思議な粉を取り出し、炎を緑色にしている。首相は絶望的な顔でしばらく二人を見ていたが、いままでずっと押さえつけてきた言葉が、ついに口を衝いて飛び出した。

「そんなばかな――あなた方は魔法使いでしょうが！　魔法が使えるんでしょう！　それならまちがいなく処理できるでしょう――つまり――なんでも！」

スクリムジョールはその場でゆっくり振り向き、ファッジと顔を見合わせ、互いに信じられないという目つきをした。ファッジは今度こそほほえみそこねず、やさしくこう諭した。

「問題は、閣下、相手も魔法が使えるということですよ」

そして二人の魔法使いは、明るい緑の炎の中に次々と歩み入り、姿を消した。

第2章　スピナーズ・エンド

首相執務室の窓に垂れ込めていた冷たい霧は、そこから何キロも離れた場所の、汚れた川面にも漂っていた。草がぼうぼうと伸びた上にゴミの散らかり放題になった土手の間を縫うように、一本の川が流れている。廃墟になった製糸工場の名残の巨大な煙突が、黒々と不吉にそそり立っている。暗い川のささやくような流れのほかには物音もせず、あわよくば丈高の草に埋もれたフィッシュ・アンド・チップスのおこぼれでも嗅(か)ぎ当てたいと、足音を忍ばせて土手を下っていくやせたキツネのほかは、生き物の気配もない。

そのとき、ポンと軽い音がして、フードをかぶったすらりとした姿が、忽然(こつぜん)と川辺に現れた。キツネはその場に凍りつき、この不思議な現象をじっと油断なく見つめている。そのフード姿はしばらくの間、方向を確かめるような様子でいたが、やがて軽やかにすばやい足取りで、草むらに長いマントを滑らせながら歩き出した。

二度目の、少し大きいポンという音とともに、またしてもフードをかぶった姿が現れた。

「お待ち！」

鋭い声に驚いて、それまで下草にぴたりと身を伏せていたキツネは、あわてて隠れ場所から飛び出し土手を駆け上がった。緑の閃光が走る。キャンという鳴き声を残し、キツネは川辺に落ちた。絶命している。

二人目の人影がキツネの骸を足の爪先で引っくり返す。

「ただのキツネか」フードの下で、軽蔑したような女の声がつぶやく。

「闇祓いかと思えば——ちょっとシシーったら、お待ちよ！」

しかし、二人目の女が追う獲物は、一瞬立ち止まって振り返りざまに閃光を見はしたが、たったいまキツネが転がり落ちたばかりの土手をすでに登り出している。

「シシー——ナルシッサ——話を聞きなさい——」

二人目の女が追いついて、もう一人の腕をつかんだ。しかし、一人目はそれを振り解く。

「帰って、ベラ！」

「私の話を聞きなさい！」

「もう聞いたわ。もう決めたんだから。ほっといてちょうだい！」

ナルシッサと呼ばれた女は、土手を登り切った。古い鉄柵が、川と狭い石畳の道とを仕切っている。二人目の女、ベラもすぐに追いついた。二人は並んで、通りの向こう側を眺める。荒れ果てたレンガ造りの家が、闇の中にどんよりと暗い窓を見せて、何列も並んで建っている。

「あいつは、ここに住んでいるのかい？」

ベラは蔑むような声で聞く。

「ここに？　マグルの掃き溜めに？　我々のような身分の者で、こんなところに足を踏み入れるのは、私たちが最初だろうよ――」

しかし、ナルシッサは聞いていなかった。錆びた鉄柵の間をくぐり抜け、もう通りの向こうへと急いでいる。

「シシー、お待ちったら！」

ベラはマントをなびかせてあとを追い、ナルシッサが家並みの間の路地を駆け抜けてどれも同じような通りの二つ目に走り込むのを目撃した。街灯が何本か壊れている。二人の女は、灯りと闇のモザイクの中を走った。獲物を追う追っ手のように、ベラは角を曲がろうとしているナルシッサに追いついた。今度は首尾よく腕をつかまえて後ろを振り向かせ、二人は向き合った。

「シシー、やってはいけないよ。あいつは信用できない――」

「闇の帝王は信用していらっしゃるわ。ちがう？」

「闇の帝王は……きっと……まちがっていらっしゃる」ベラが喘いだ。

フードの下でベラの眼が一瞬ぎらりと光り、二人のほかにだれかいないか、あたりを見回した。

「いずれにせよ、この計画はだれにも漏らすなと言われているじゃないか。こんなことをすれば、闇の帝王への裏切りに——」

「放してよ、ベラ」

ナルシッサが凄む。そしてマントの下から杖を取り出し、脅すようにベラの顔に突きつけた。ベラが笑う。

「シシー、自分の姉に？　あんたにはできやしない——」

「できないことなんか、もうなにもないわ！」

ナルシッサが押し殺したような声で言い放つ。声にヒステリックな響きがある。そして杖をナイフのように振り下ろす。閃光が走り、ベラは火傷をしたかのように妹の腕を放した。

「ナルシッサ！」

しかしナルシッサはすでに角に突き進んでいた。追跡者は手をさすりながら、今度は少し距離を置いて、ふたたびあとを追う。レンガ建ての家の間の人気のない迷路を、二人はさらに奥へと入り込む。ナルシッサは、スピナーズ・エンドという名の袋小路に入り、先を急いでいた。あのそびえ立つような製糸工場の煙突が、巨大な人指し指が警告しているかのように、通りの上に浮かんで見える。板が打ちつけられた窓や、壊れた窓を通り過ぎるナルシッサの足音が、石畳にこだまする。ナルシッサは一番奥の家にたどり着いていた。一階の部屋のカーテンを通して、ちらちらと仄暗い灯りが見える。

ベラが小声で悪態をつきながら追いついたときには、ナルシッサはもう戸をたたいていた。少し息を切らし、夜風に乗って運ばれてくるどぶ川の臭気を吸い込みながら、二人は佇んで待った。しばらくして、ドアの向こう側でなにかが動く音が聞こえ、わずかに戸が開く。隙間から、二人を見ている男の姿が細長く見える。黒い長髪が、土気色の顔と暗い眼のまわりでカーテンのように分かれている。

ナルシッサがフードを脱いだ。蒼白な顔が、暗闇の中で輝くほど白い。長いブロンドの髪が背中に流れる様子が、まるで溺死した人のように見える。

「ナルシッサ！」

男がドアを少し広く開けたので、明かりがナルシッサと姉の二人を照らした。

「これはなんと、驚きましたな！」

「セブルス」ナルシッサは声を殺して訴えかけた。「お話できるかしら？　とても急ぐの」

「いや、もちろん」

男は一歩下がって、ナルシッサを招じ入れた。まだフードをかぶったままの姉は、許しも請わずにあとに続いた。

「スネイプ」男の前を通りながら、女がぶっきらぼうに声をかける。

「ベラトリックス」男が答えた。

二人の背後でピシャリとドアを閉めながら、唇の薄いスネイプの口元に、嘲るような笑いが浮かぶ。

入ったところがすぐに小さな居間になっていた。暗い独房のような部屋だ。壁は、クッションではなく、びっしりと本で覆われている。黒か茶色の革の背表紙の本が多い。すり切れたソファー、古い肘掛椅子、ぐらぐらするテーブルが、天井からぶら下がった蠟燭ランプの薄暗い明かりの下に、ひと塊になって置かれている。ふだんは人が住んでいないような、ほったらかしの雰囲気が漂っている。

スネイプは、ナルシッサにソファーを勧めた。ナルシッサはマントをはらりと脱いで打ち捨て、座り込んで膝の上で組んだ震える白い手を見つめる。ベラトリックスはもっとゆっくりとフードを下ろした。妹の白さとは対照的な黒髪、厚ぼったい瞼、がっしりした顎。ナルシッサの背後に回ってそこに立つまでの間、ベラトリックスはスネイプを凝視したまま目を離さなかった。

「それで、どういうご用件ですかな？」スネイプは二人の前にある肘掛椅子に腰を掛けた。

「ここには……ここには私たちだけですね？」ナルシッサが小声で聞く。

「むろん、そうです。ああ、ワームテールがいますがね。しかし、虫けらは数に入らんでしょうな？」

スネイプは背後の壁の本棚に杖を向ける。すると、バーンという音とともに隠し扉が勢いよく開いて狭い階段が現れた。そこには小男が立ちすくんでいた。

「ワームテール、お気づきのとおり、お客様だ」スネイプが面倒くさそうに言う。

小男は背中を丸めて階段の最後の数段を下り、部屋に入ってきた。小さい潤んだ目、尖った鼻、そして間の抜けた不愉快なにたにた笑いを浮かべている。左手で右手をさすっているが、その右手はまるで、銀色に輝く手袋をはめているかのようだ。

「ナルシッサ！」

小男がキーキー声で呼びかけた。

「それにベラトリックス！　ご機嫌うるわしく――」

「ワームテールが飲み物をご用意しますよ。よろしければ」スネイプが当然のように言い放つ。

「そのあとこやつは自分の部屋にもどります」

ワームテールは、スネイプになにかを投げつけられたようにたじろぐ。

「わたしはあなたの召使いではない！」

ワームテールはスネイプの目を避けながらキーキー言った。

「ほう？　我輩を補佐するために、闇の帝王がおまえをここに置いたとばかり思っていたのだが」

「補佐というなら、そのとおりだ――でも、飲み物を出したりとか――あなたの家の掃除をしたりとかじゃない！」

「それは知らなかったな、ワームテール。おまえがもっと危険な任務を渇望していたとはね」

スネイプはさらりと続ける。

「それならたやすいことだ。闇の帝王にお話し申し上げて――」

「そうしたければ、自分でお話しできる！」

「もちろんだとも」

スネイプはにやりと笑う。

「しかし、その前に飲み物を持ってくるのだ。しもべ妖精が造ったワインで結構」

ワームテールは、なにか言い返したそうにしばらくぐずぐずしていたが、やがて踵を返し、もう一つ別の隠し扉に入っていった。バタンという音や、グラスがぶつかり合う音が聞こえてくる。まもなくして、ワームテールが埃っぽい瓶を一本とグラス三個を盆に載せてもどってきた。しかし、ぐらぐらするテーブルにそれを置くなりワームテールはあたふたとその場を離れ、本で覆われている背後の扉をバタンと閉めていなくなった。

スネイプは血のように赤いワインを三つのグラスに注ぎ、姉妹それぞれに手渡した。ナルシッサはつぶやくように礼を言ったが、ベラトリックスはなにも言わずに、スネイプを睨み続けている。スネイプは意に介するふうもなく、むしろおもしろがっているように見える。

「闇の帝王に」スネイプはグラスを掲げ飲み干した。

姉妹もそれに倣った。スネイプがみなに二杯目を注ぐ。

それを受け取りながら、ナルシッサが急き込んで話し出した。

「セブルス、こんなふうにお訪ねしてすみません。でも、お目にかからなければなりませんでした。あなたしか私を助けてくださる方はいないと思って――」

スネイプは手を上げてナルシッサを制し、ふたたび杖を階段の隠し扉に向ける。バーンと大きな音と悲鳴のあとに、ワームテールがあわてて階段を駆け上がっていく音が聞こえた。

「失礼」スネイプが言った。

「やつは最近扉のところで聞き耳を立てるのが趣味になったらしい。どういうつもりなのか、我輩にはわかりませんがね……ナルシッサ、なにをおっしゃりかけていたのでしたかな?」

ナルシッサは身を震わせて大きく息を吸い、もう一度話しはじめた。

「セブルス、ここにきてはいけないことはわかっていますわ。だれにも、なにも言うなと言われています。でも――」

「それなら黙ってるべきだろう!」ベラトリックスが凄んだ。「とくにいまおまえが相手にしている者の前では!」

「いまの相手?」

スネイプが皮肉たっぷりに繰り返す。

「それで、ベラトリックス、それはどう解釈すればよいのかね?」

「おまえを信用してなどいないってことさ、スネイプ。おまえ自身、よく知ってのとおり!」

ナルシッサはすすり泣くような声を漏らし、両手で顔を覆った。スネイプはグラスをテーブルに置き、椅子に深く座りなおして両手を肘掛けに置き、睨みつけているベラトリックスに笑いかけた。

「ナルシッサ、ベラトリックスが言いたくてうずうずしていることを聞いたほうがよろしいようですな。さすれば、何度もこちらの話を中断されるわずらわしさもないだろう。さあ、ベラトリックス、続けたまえ」スネイプが言う。「我輩を信用しないというのは、いかなる理由かね？」

「理由は山ほどある！」

ベラトリックスはソファーの後ろからずかずかと進み出て、テーブルの上にグラスをたたきつけた。

「どこから始めようか！　闇の帝王がお倒れになったとき、おまえはどこにいた？　帝王が消え去られたとき、どうして一度もお探ししようとしなかった？　ダンブルドアの懐で暮らしていたこの歳月、おまえはいったいなにをしていた？　闇の帝王が『賢者の石』を手に入れようとされたとき、おまえはどうして邪魔をした？　闇の帝王が蘇られたとき、おまえはなぜすぐにもどらなかった？　数週間前、闇の帝王のために予言を取りもどそうと我々が戦っていたとき、おまえはどこにいた？　それよりもなによりも、スネイプ、ハリー・ポッターはなぜまだ生きているのだ？　五年間もおまえの手中にあったというのに」

ベラトリックスは言葉を切った。胸を激しく波打たせ、頬に血が上っている。その背後で、ナルシッサはまだ両手で顔を覆ったまま、身動きもせずに座っていた。

スネイプが笑みを浮かべる。

「答える前に——ああ、いかにも、ベラトリックス、これから答えるとも！　我輩の言葉を、陰口をたたいて我輩が闇の帝王を裏切っているなどとでっち上げ話をする連中に持ち帰るがよい。——答える前に、そうそう、逆に一つ質問するとしよう。君の質問のどれ一つを取ってみても、闇の帝王が、我輩に質問しなかったものがあると思うかね？　それに対して満足のいく答えをしていなかったら、我輩はいまこうしてここに座り、君と話をしていられると思うかね？」

ベラトリックスはたじろいだ。

「あの方がおまえを信じておられるのは知っている。しかし……」

「あの方がまちがっていると思うのか？　それとも我輩がうまくだましたとでも？　不世出の開心術の達人である、最も偉大なる魔法使い、闇の帝王に一杯食わせたとでも？」

ベラトリックスはなにも言葉を返さない。しかし、はじめてぐらついた様子を見せた。スネイプはそれ以上追及しなかった。ふたたびグラスを取り上げ、おもむろに一口すすり、言葉を続ける。

「闇の帝王が倒れられたとき我輩がどこにいたかと、そう聞かれましたな。我輩はあの方に命じられた場所にいた。ホグワーツ魔法魔術学校に。なんとなれば、我輩がアルバス・ダンブルドアをスパイすることを、あの方がお望みだったからだ。闇の帝王の命令で我輩（わがはい）があの職に就いたことは、ご承知のことと拝察するが？」

ベラトリックスはほとんど気づかないほどわずかにうなずく。そして口を開こうとしたところをスネイプが機先を制す。

「あの方が消え去られたとき、なぜお探ししようとしなかったかと、君はそうおたずねだ。理由はほかの者と同じ。エイブリー、ヤックスリー、カローたち、グレイバック、ルシウス――」

スネイプはナルシッサに軽く頭を下げた。

「そのほかあの方をお探ししようとしなかった者は多数いる。我輩は、あの方はもう滅したと思った。自慢できることではない。我輩はまちがっていた。しかし、いまさら詮（せん）ないことだ……。あのときに信念を失った者たちを、あの方がお許しになっていなかったら、あの方の配下はほとんど残っていなかっただろう」

「私が残った！」

ベラトリックスが熱を込めて言い放った。

「あの方のために何年もアズカバンで過ごした、この私が！」

「なるほど。見上げたものだ」スネイプは気のない声で受ける。

「もちろん、牢屋の中では大してあの方のお役には立たなかったが、しかし、その素振りはまさにご立派――」

「そぶり！」

ベラトリックスがかん高くさけぶ。怒りで狂気じみた表情となった。

「私が吸魂鬼に耐えている間、おまえはホグワーツに居残って、ぬくぬくとダンブルドアに寵愛されていた！」

「少しちがいますな」スネイプが冷静に返す。「ダンブルドアは我輩に、『闇の魔術に対する防衛術』の仕事を与えようとしなかった。そう。どうやら、それが、あー、ぶり返しにつながるかもしれないと思ったらしく……我輩が昔に引きもどされると」

「闇の帝王へのおまえの犠牲はそれか？　好きな科目が教えられなかったということだけなのか？」

ベラトリックスが嘲った。

「スネイプ、ではなぜ、それからずっとあそこに居残っていたのだ？　死んだと思ったご主人様のために、ダンブルドアのスパイを続けたとでも？」

「いいや」スネイプが答える。「ただし、我輩が職を離れなかったことを、闇の帝王はお喜びになられている。あの方がもどられたとき、我輩はダンブルドアに関する十六年分の情報を持参した。ご帰還祝いの贈り物としては、アズカバンの不快な思い出の垂れ流しより、ずっと役に立つものと思えるが……」

「しかし、おまえは居残った……」

「そうだ、ベラトリックス、居残った」

スネイプの声に、はじめていらだちの色が覗いた。

「我輩(わがはい)には、アズカバンのお勤めより好ましい、居心地のよい仕事があった。知ってのとおり、死喰い人狩(かり)が行われていた。ダンブルドアの庇護(ひご)で、我輩は監獄に入らずにすんだ。好都合だったし、我輩はそれを利用した。重ねて言うが、闇の帝王は、我輩が居残ったことをとやかくおっしゃらない。それなのに、なぜ君がとやかく言うのかわからんね」

「次に君が知りたかったのは」

スネイプは話をどんどん先に進める。いまにも口を挟みたがっている様子のベラトリックスに対抗して、スネイプは少し声を大きくした。

「我輩がなぜ、闇の帝王と『賢者の石』の間に立ちはだかったか、でしたな。これはたやすくお答えできる。あの方は我輩を信用すべきかどうか、判断がつかないでおられた。君のように、あの方も、我輩が忠実な死喰い人からダンブルドアの犬になり下がったのではないかと思われた。あの方は哀れな状態だった。非常に弱って、凡庸(ぼんよう)

な魔法使いの体に入り込んでおられた。昔の味方が、あの方をダンブルドアか魔法省に引き渡すかもしれないとのご懸念から、あの方はなんとしても、かつての味方の前に姿を現そうとはなさらなかった。我輩を信用してくださらなかったのは、強欲でない。もう三年早く、権力を回復できたものを。我輩が現実に目にしたのは、残念でならない。『賢者の石』に値しないクィレルめが石を盗もうとしているところだった。認めよう。我輩はたしかに全力でクィレルめを挫こうとしたのだ」

ベラトリックスは苦い薬を飲んだかのように口を歪めた。

「しかし、おまえは、あの方がおもどりになられたとき、参上しなかった。闇の印が熱くなったのを感じても、すぐにあの方の下に馳せ参じはしなかった――」

「さよう。我輩は二時間後に参上した。ダンブルドアの命を受けてもどった」

「ダンブルドアの――？」ベラトリックスは逆上したように口を開いた。

「頭を使え！」

スネイプがふたたびいらだちを見せる。

「考えるがいい！　二時間待つことで、たった二時間のことで、我輩は、確実にホグワーツにスパイとしてとどまれるようにした！　闇の帝王の側にもどるよう命を受けたからもどるにすぎないのだとダンブルドアに思い込ませることで、以来ずっと、ダンブルドアや不死鳥の騎士団についての情報を流すことができている！　いいかね、ベラトリックス。闇の印が何か月にもわたってますます強力になってきていた。我輩はあの方がまもなくおもどりになるにちがいないとわかっていた。もちろん、死喰い人は全員知っていた！　我輩がなにをすべきか、次の動きをどうするか、カルカロフのように逃げ出すか、考える時間は十分にあった。そうではないか？」

「我輩が遅れたことで、はじめは闇の帝王のご不興を買った。しかし我輩の忠誠は変わらないとご説明申し上げたとき、いいかな、そのご立腹は完全に消え去ったのだ。もっともダンブルドアは我輩が味方だと思っていたがね。さよう。闇の帝王は、我輩が永久にお側を去ったとお考えになったが、帝王がまちがっておられた」

「しかし、おまえがなんの役に立った？」

ベラトリックスが冷笑する。

「我々はおまえからどんな有用な情報をもらったと言うのだ？」

「我輩の情報は闇の帝王に直接お伝えしてきた」スネイプが言い返す。「あの方がそれを君に教えないとしても――」

「あの方は私にすべてを話してくださる！」

ベラトリックスはたちまち激昂した。

「私のことを、最も忠実な者、最も信頼できる者とお呼びになる――」

「なるほど？」

スネイプの声が微妙に屈折した。信じていないことを匂わせる。

「いまでもそうかね？　魔法省での大失敗のあとでも？」

「あれは私のせいではない！」

ベラトリックスの顔にさっと朱が差した。

「過去において、闇の帝王は、最も大切なものを常に私に託された――ルシウスがあんなことさえしな――」

「よくもそんな――夫を責めるなんて、よくも！」

ナルシッサが姉を見上げ、低い、凄みの効いた声を上げた。

「責めをなすり合っても詮なきこと」スネイプがすらりと言う。「すでにやってしまったことだ」

「おまえはなにもしなかった！」

ベラトリックスがかんかんになって言い募る。

「なにもだ。我らが危険に身をさらしているときに、おまえはまたしても不在だった。スネイプ、ちがうか？」

「我輩は残っていよとの命を受けた」スネイプが返す。

「君は闇の帝王と意見を異にするのかもしれんがね。我輩が死喰い人とともに不死鳥の騎士団と戦ってもダンブルドアはそれに気づかなかっただろうと、そうお考えなのかな？　それに——失礼ながら——危険とか言われたようだが……十代の子供六人が相手ではなかったのかね？」

「加勢がきたんだ。知ってのとおり。まもなく不死鳥の騎士団の半数がきた！」

ベラトリックスがうなる。

「ところで、騎士団の話が出たついでに聞くが、本部がどこにあるかは明かせないと、おまえはまだ言い張っているな？」

「『秘密の守人』は我輩ではないのだからして、我輩がその場所の名前を言うことはできない。その呪文がどういう効き方をするか、ご存知でしょうな？　闇の帝王は、騎士団について我輩がお伝えした情報で満足していらっしゃる。ご明察のことと思うが、その情報が過日エメリーン・バンスを捕えて殺害することに結びついたし、さらにシリウス・ブラックを始末するにも当然役立ったはずだ。もっとも、やつを片付けた功績はすべて君のものだが」

スネイプは頭を下げ、ベラトリックスに杯を挙げる。ベラトリックスは硬い表情を変えなかった。

「私の最後の質問を避けているぞ、スネイプ。ハリー・ポッターだ。この五年間、いつでも殺せたはずだ。おまえはまだ殺っていない。なぜだ？」

「この件を、闇の帝王と話し合ったのかね？」スネイプが逆に聞き返す。

「あの方は……最近私たちは――おまえに聞いているのだ、スネイプ！」

「もし我輩がハリー・ポッターを殺していたら、闇の帝王は、あやつの血を使って蘇ることができず、無敵の存在となることも――」

「あの方が小僧を使うことを見越していたとでも、言うつもりか！」ベラトリックスが嘲った。

「そうは言わぬ。あの方のご計画を知る由もなかった。すでに白状したとおり、我輩は闇の帝王が死んだと思っていた。ただ我輩は、闇の帝王が、ポッターの生存を残念に思っておられない理由を説明しようとしているだけだ。少なくとも一年前までは、だが……」

「それならなぜ、小僧を生かしておいた？」

「我輩の話がわかっていないようだな？　我輩がアズカバン行きにならずにすんだのは、ダンブルドアの庇護があったればこそだ。そのお気に入りの生徒を殺せば、ダンブルドアが我輩を敵視することになったかもしれぬ。ちがうかな？　しかし、単にそれだけでのことではない。ポッターがはじめてホグワーツにやってきたとき、ポッターに関するさまざまな憶測が流れていたことを思い出していただこう。彼自身が偉大なる闇の魔法使いではないか、だからこそ闇の帝王に攻撃されても生き残ったのではないかという噂だ。事実、闇の帝王のかつての部下の多くが、ポッターこそ、我々全員がもう一度集結し、擁立すべき旗頭ではないかと考えた。たしかに我輩は興味があった。だからして、ポッターが城に足を踏み入れた瞬間に殺してしまおうという気にはとうていなれなかった」

「もちろん、あいつには特別な能力などまったくないことが、我輩にはすぐ読めた。やつは何度かピンチに陥ったが、単なる幸運と、より優れた才能を持つ友人との組み合わせだけで乗り切ってきた。徹底的に平凡なやつだ。もっとも、父親同様、ひとりよがりの癇に障るやつではあるが。我輩は手を尽くしてやつをホグワーツから放り出そうとした。学校にふさわしからぬやつだからだ。しかし、やつを殺したり、我輩の目の前で殺されるのを放置するのはどうかな？　ダンブルドアがすぐそばにいるからには、そのような危険を冒すのは愚かというものだとは思わぬか？」

「それで、これだけあれこれあったのに、ダンブルドアが一度もおまえを疑わなかったと信じろと言うわけか？」

なおもベラトリックスは聞く。

「おまえの忠誠心の本性を、ダンブルドアは知らずに、いまだにおまえを心底信用していると言うのか？」

「我輩は役柄を上手に演じてきた」スネイプが言った。

「それに、君はダンブルドアの大きな弱点を見逃している。あの人は、人の善なる性を信じずにはいられないという弱みだ。我輩が、まだ死喰い人時代のほとぼりも冷めやらぬころにダンブルドアのスタッフに加わったとき、心からの悔悟（かいご）の念を縷々（るる）語って聞かせた。するとダンブルドアは両手（もろて）を挙げて我輩を迎え入れた――ただし、先刻も言ったとおり、できうるかぎり我輩を闇の魔術に近づけまいとしてではあるが。ダンブルドアは偉大な魔法使いだ（ベラトリックスが痛烈な反論の声を上げた）――ああ、たしかにそうだとも。闇の帝王も認めている。ただ、喜ばしいことに、ダンブルドアも年老いてきた。闇の帝王との先月の決闘は、ダンブルドアを動揺させたにちがいない。その後も、動きにかつてほどの切れがなくなり、ダンブルドアは深手を負っている。しかしながら、長年にわたって一度も、このセブルス・スネイプへの信頼は途切れたことがない。それこそが、闇の帝王にとっての我輩の大きな価値なのだ」

ベラトリックスはまだ不満そうだった。どうやってスネイプに次の攻撃を仕掛けるべきか迷っているようだ。その沈黙に乗じて、スネイプは妹のほうに水を向けた。

「さて……我輩に助けを求めにおいでてしたな、ナルシッサ？」

ナルシッサがスネイプを見上げた。絶望がはっきりとその顔に書いてある。

「ええ、セブルス。わ――私を助けてくださるのは、あなたしかいないと思います。ほかにはだれも頼る人がいません。ルシウスは牢獄で、そして……」

ナルシッサは目をつむった。二粒の大きな涙が瞼（まぶた）の下からあふれ出した。

「闇の帝王は、私がその話をすることを禁じました」

ナルシッサは目を閉じたまま言葉を続ける。

「だれにもこの計画を知られたくないとお望みです。とても……厳重な秘密なのです。でも――」

「あの方が禁じたのなら、話してはなりませんな」スネイプが即座に言い切る。「闇の帝王の言葉は法律ですぞ」

ナルシッサは、スネイプに冷水を浴びせられたかのように息を呑んだ。ベラトリックスはこの家に入ってからはじめて満足げな顔をした。

「ほら！」

ベラトリックスが勝ち誇ったように妹に向かって言葉をかける。

「スネイプでさえそう言ってるんだ。しゃべるなと言われたんだから、黙っていなさい！」

しかしスネイプは、立ち上がって小さな窓のほうにつかつかと歩いていき、カーテンの隙間から人気のない通りをじっと覗くと、ふたたびカーテンをぐいと閉めた。そしてナルシッサを振り返り、顔をしかめてこう切り出した。

「たまたまではあるが、我輩はあの方の計画を知っている」

スネイプが低い声を出す。

「闇の帝王が打ち明けた数少ない者の一人なのだ。それはそうだが、ナルシッサ、我輩が秘密を知る者でなかったなら、あなたは闇の帝王に対する重大な裏切りの罪を犯すことになったのですぞ」

「あなたはきっと知っていると思っていましたわ！」

ナルシッサの息遣いが少し楽になった。

「あの方は、セブルス、あなたのことをとてもご信頼になって……」

「おまえが計画を知っている？」

ベラトリックスが一瞬浮かべた満足げな表情は、怒りに変わっていた。

「おまえが知っている？」

「いかにも」スネイプが言う。

「しかし、ナルシッサ、我輩にどう助けて欲しいのかな？　闇の帝王のお気持ちが変わるよう、我輩が説得できると思っているのなら、気の毒だが望みはない。それは、まったくない」

「セブルス」

ナルシッサがささやくように声に出す。蒼白（あおじろ）い頬を涙が滑り落ちた。

「私の息子……たった一人の息子……」

「ドラコは誇りに思うべきだ」

ベラトリックスが非情に言い放つ。

「闇の帝王はあの子に大きな名誉をお与えになった。それに、ドラコのためにはっきり言っておきたいが、あの子は任務に尻込みなどしていない。自分の力を証明するチャンスを喜び、期待に心を躍らせて――」

ナルシッサはすがるようにスネイプを見つめたまま、本当に泣き出した。

「それはあの子が十六歳で、なにが待ち受けているのかを知らないからだわ！　セブルス、どうしてなの？　どうして私の息子が？　危険すぎるわ！　これはルシウスがまちがいを犯したことへの報復なんだわ、ええそうなのよ！」

スネイプはなにも言わず、涙が見苦しいものであるかのように、ナルシッサの泣き顔から目を背けている。しかし聞こえないふりはできなかった。

「だからあの方はドラコを選んだのよ。そうでしょう？」

ナルシッサは詰め寄った。

「ルシウスを罰するためでしょう？」

「ドラコが成功すれば――」

ナルシッサから目を背けたまま、スネイプが言った。

「ほかのだれよりも高い栄誉を得るだろう」

「でも、あの子は成功しないわ！」ナルシッサがすすり上げる。「あの子にどうしてできましょう？　闇の帝王ご自身でさえ――」

ベラトリックスが息を呑む。ナルシッサはそれで気が挫けたようだった。

「いえ、つまり……まだだれも成功したことがないのですし……セブルス……お願いします……あなたははじめから、そしていまでもドラコの好きな先生だわ……ルシウスの昔からの友人で……おすがりします……あなたは闇の帝王のお気に入りで、相談役として一番信用されているし……お願いです。あの方にお話しして、どうか説得して――？」

「闇の帝王は説得される方ではない。それに我輩も、説得しようとするほど愚かではない」

スネイプはすげなく言う。

「我輩としては、闇の帝王がルシウスにご立腹ではないなどと取り繕うことはできない。ルシウスは指揮を執るはずだった。自分自身が捕まってしまったばかりか、ほかの何人かも道連れにしてしまった。おまけに予言を取りもどすことにも失敗した。さよう、闇の帝王はお怒りだ。ナルシッサ、非常にお怒りだ」

「それじゃ、思ったとおりだわ。あの方は見せしめのためにドラコを選んだのよ！」

ナルシッサは声を詰まらせた。

「あの方は、ドラコを成功させるおつもりではなく、途中で殺されることがお望みなのよ！」

スネイプが黙っていると、ナルシッサは最後にわずかに残った自制心さえ失ったかのように立ち上がってよろよろとスネイプに近づき、ローブの胸元をつかんだ。顔をスネイプの顔に近づけ、涙をスネイプの胸元にこぼしながら、ナルシッサは必死の形相で喘ぐ。

「あなたならできるわ。ドラコの代わりに、セブルス、あなたならできる。あなたは成功するわ。きっと成功する。そうすればあの方は、あなたにほかのだれよりも高い報奨を――」

スネイプはナルシッサの両手首をつかみ、しがみついている両手を外した。涙で汚れた顔を見下ろし、スネイプがゆっくりと言葉を吐く。

「あの方は最後には我輩にやらせるおつもりだ。そう思う。しかし、まず最初にドラコにやらせると、固く決めていらっしゃる。ありえないことだが、ドラコが成功した暁には、我輩はもう少しホグワーツにとどまり、スパイとしての有用な役割を遂行できるわけだ」

「それじゃ、あの方は、ドラコが殺されてもかまわないと！」

「闇の帝王は非常にお怒りだ」スネイプは静かに繰り返す。

「あの方は予言を聞けなかった。あなたも我輩同様よくご存知のことだが、あの方はやすやすとはお許しにならない」

ナルシッサはスネイプの足下にくずおれ、床の上ですすり泣き、うめいた。

「私の一人息子……たった一人の息子……」

「おまえは誇りに思うべきだよ！」ベラトリックスが情け容赦なく言う。「私に息子があれば、闇の帝王のお役に立つよう、喜んで差し出すだろう」

ナルシッサは小さく絶望のさけびを上げ、長いブロンドの髪を鷲づかみにした。スネイプがかがんでナルシッサの腕をつかみ、立たせてソファーに誘う。それからナルシッサのグラスにワインを注ぎ、むりやり手に持たせた。

「ナルシッサ、もうやめなさい。これを飲んで、我輩の言うことを聞くんだ」

ナルシッサは少し静かになり、ワインを撥ねこぼしながら、震える手で一口飲んだ。

「可能性だが……我輩がドラコを手助けできるかもしれん」

ナルシッサが体を起こし、蠟のように白い顔で目を見開く。

「セブルス——ああ、セブルス——あなたがあの子を助けてくださる？　あの子を見守って、危害が及ばないようにしてくださる？」

「やってみることはできる」

ナルシッサはグラスを放り出した。グラスがテーブルの上を滑ると同時に、ナルシッサはソファーを滑り降りてスネイプの足下にひざまずき、スネイプの手を両の手でかき抱いて唇を押し当てる。

「あなたがあの子を護ってくださるのなら……セブルス、誓ってくださる？『破れぬ誓い』を結んでくださる？」

「『破れぬ誓い』？」

スネイプの無表情な顔からは、なにも読み取れない。しかし、ベラトリックスは勝ち誇ったように高笑いした。

「ナルシッサ、聞いていなかったのかい？ああ、こいつはたしかに、やってみるだろうよ……いつもの虚しい言葉だ。行動を起こすときになるとうまくすり抜ける……ああ、もちろん闇の帝王の命令だろうともさ！」

スネイプはベラトリックスを見なかった。その暗い目は、自分の手をつかんだままのナルシッサの涙に濡れた青い目を見据えている。

「いかにも。ナルシッサ、『破れぬ誓い』を結ぼう」

スネイプが静かに言い放った。

「姉君が『結び手』になることにご同意くださるだろう」

ベラトリックスは口をあんぐり開けていた。スネイプはナルシッサと向かい合ってひざまずくように座る。ベラトリックスの驚愕のまなざしの下で、二人は右手をにぎり合っていた。

「ベラトリックス、杖が必要だ」スネイプが冷たく言う。

ベラトリックスは杖を取り出したが、まだ唖然としている。

「それに、もっとそばにくる必要がある」スネイプが言い添える。

ベラトリックスは前に進み出て、二人の頭上に立ち、結ばれた両手の上に杖の先を置いた。

ナルシッサが言葉を発する。

「セブルス、あなたは、闇の帝王の望みを叶えようとする私の息子、ドラコを見守ってくださいますか？」

「そうしよう」スネイプが答える。

まぶしい炎が、細い舌のように杖から飛び出し、灼熱の赤い紐のように二人の手の周囲に巻きついた。

「そしてあなたは、息子に危害が及ばぬよう、力のかぎり護ってくださいますか？」

「そうしよう」スネイプが応じる。

二つ目の炎の舌が杖から噴き出し、最初の炎とからみ合いながら、輝く細い鎖を形作った。

「そして、もし必要になれば……ドラコが失敗しそうな場合は……」

ナルシッサがささやくように唱える（スネイプの手がナルシッサの手の中でぴくりと動いたが、手を引っ込めはしなかった）。

「闇の帝王がドラコに遂行を命じた行為を、あなたが実行してくださいますか？」

一瞬の沈黙が流れた。ベラトリックスは目を見開き、にぎり合った二人の手に杖を置いて見つめている。

「そうしよう」スネイプがうなずく。

驚くベラトリックスの顔が、三つ目の細い炎の閃光で赤く照り輝いた。舌のような炎が杖から飛び出し、ほかの炎とからみ合い、にぎり合わされた二人の手にがっしりと巻きついている。

縄のように。炎の蛇のように。

第3章　遺志と意思

ハリー・ポッターは大いびきをかいて寝ている。この四時間というもの、部屋の窓辺に椅子を置いて次第に暗くなりゆく通りをずっと見つめ続けているうちに、とうとう眠り込んでしまったようだ。冷たい窓ガラスに顔の半分を押しつけ、メガネは半ばずり落ち、口はあんぐり開いている。ハリーの吐く息で一部が曇った窓ガラスが、街灯の放つオレンジ色の光を受けて光っている。街灯の人工的な明かりがハリーの顔からすべての色味を消し去り、真っ黒なくしゃくしゃ髪の下で幽霊のような顔に見せている。

部屋の中には雑多な持ち物や、ちまちましたガラクタがばら撒かれている。床にはふくろうの羽根やりんごの芯、キャンディの包み紙が散らかり、ベッドにはくしゃくしゃに丸められたローブと、その中に隠れるようにして呪文の本が数冊、乱雑に置かれている。そして机の上の明かり溜まりには、新聞が雑然と広げられていた。その中の一枚に派手な大見出しが見える。

　ハリー・ポッター　選ばれし者？

　最近魔法省で『名前を言ってはいけないあの人』がふたたび目撃された不可解な騒動について、いまだに流言蜚語が飛び交っている。

　忘却術士の一人は、昨夜魔法省を出る際に、名前を明かすことを拒んだ上に動揺した様子で次のように語った。

「我々はなにも話してはいけないことになっている。なにも聞かないでくれ」

　しかしながら、魔法省内のさる高官筋は、かの伝説の「予言の間」が騒動の中心となった現場であることを認めた。

　魔法省のスポークス魔ンはこれまで、そのような場所の存在を認めることさえ拒否してきたが、家宅侵入と窃盗未遂の廉で現在アズカバンに服役中の死喰い人たちが、予言を盗もうとしたのではないか、と考える魔法使いが増えている。問題の予言がどのようなものかは知られていないが、巷では、『死の呪文』を受けて生き残った唯一の人物であり、さらに問題の夜に魔法省にいたことが知られているハリー・ポッターに関するものではないかと推測されている。一部の魔法使いの間で、ポッターは『選ばれし者』と呼ばれ、予言が、『名前を言ってはいけないあの人』を排除できるただ一人の者として、ポッターを名指ししたと考えられている。
問題の予言の現在の所在は、杳として知れない。ただし予言が存在するならば、ではあるが。しかし、（二面五段目に続く）

もう一枚の新聞が、最初の新聞の脇に置かれている。大見出しはこうだ。

スクリムジョール、ファッジの後任者

一面の大部分は、一枚の大きなモノクロ写真で占められている。ふさふさしたライオンのたてがみのような髪に、傷だらけの顔の男。写真が動いている——男が天井に向かって手を振っていた。

魔法法執行部、闇祓い局の前局長、ルーファス・スクリムジョールが、コーネリウス・ファッジのあとを受けて魔法大臣に就任した。魔法界は概ねこの任命を歓迎しているが、就任の数時間後には、新大臣とウィゼンガモット法廷・主席魔法戦士に復帰したアルバス・ダンブルドアとの亀裂の噂が浮上した。

スクリムジョールの補佐官らは、スクリムジョールが魔法大臣就任直後、ダンブルドアと会見したことを認めたが、話し合いの内容についてはコメントを避けた。アルバス・ダンブルドアはかねてから（三面二段目に続く）

その新聞の左に置かれた別の新聞は、「魔法省、生徒の安全を保証」という見出しがはっきり見えるように折ってあった。

新魔法大臣、ルーファス・スクリムジョールは今日、秋の新学期にホグワーツ魔法魔術学校に帰る学生の安全を確保するため、新しい補強策を講じたと語った。

大臣は「当然のことだが、魔法省は、新しい厳重なセキュリティ計画の詳細について公表するつもりはない」と語ったが、内部情報筋によれば、安全措置には、防衛呪文と呪い、一連の複雑な反対呪文、さらにホグワーツ校の護衛専任の闇祓い小規模特務部隊などが含まれる。

新大臣が生徒の安全のために強硬な姿勢を取ったことで、大多数が安堵したと思われる。オーガスタ・ロングボトム夫人は次のように語った。「孫のネビルは——たまたまハリー・ポッターと仲良しで、ついでに申し上げますと、この六月、魔法省で彼と肩を並べて死喰い人と戦ったのですが――

記事の続きは大きな鳥籠の下に隠れて見えない。籠の中には見事な白ふくろうがいる。琥珀色の眼で部屋を睥睨し、ときどき首をぐるりと回しては、いびきをかいているご主人様をじっと見つめる。一、二度、もどかしそうに嘴を鳴らしたが、ぐっすり眠り込んでいるハリーには聞こえない。

大きなトランクが部屋の真ん中に置かれていた。ふたが開いている。受け入れ態勢十分の雰囲気だ。しかし、トランクの底を覆う程度に、着古した下着の残骸や菓子類、空のインク瓶や折れた羽根ペンなどがあるだけで、ほとんど空っぽ。そのそばの床には、紫色のパンフレットが落ちていて、目立つ文字でこう書いてあった。

魔法省公報

あなたの家と家族を闇の力から護るには

魔法界は現在、死喰い人と名乗る組織の脅威にさらされています。次の簡単な安全指針を遵守すれば、あなた自身と家族、そして家を攻撃から護るのに役立ちます。

1．一人で外出しないこと

2. 暗くなってからはとくに注意すること。外出は、可能なかぎり暗くなる前に完了するよう段取りすること

3. 家の周囲の安全対策を見直し、家族全員が、「盾の呪文」、「目くらまし呪文」、未成年の家族の場合は「付き添い姿くらまし」術などの緊急措置について認識するよう確認すること

4. 親しい友人や家族の間で通用する安全のための質問事項を決め、ポリジュース薬（二頁参照）使用によって他人になりすました死喰い人を見分けられるようにすること

5. 家族、同僚、友人または近所の住人の行動がおかしいと感じた場合は、すみやかに魔法警察部隊に連絡すること。「服従の呪文」（四頁参照）にかかっている可能性がある

6. 住宅その他の建物の上に闇の印が現れた場合は、入るべからず。ただちに闇祓い局に連絡すること

7. 未確認の目撃情報によれば、死喰い人が「亡者」（十頁参照）を使っている可能性がある。「亡者」を目撃した場合、または遭遇した場合は、ただちに魔法省に報告すること

ハリーは眠りながらうなる。窓伝いに顔が数センチ滑り落ち、メガネがさらにずり落ちたが、目を覚まさない。何年か前にハリーが修理した目覚まし時計が、窓の下枠に置かれてチクタク大きな音を立てながら、十一時一分前を指している。そのすぐ脇には羊皮紙が一枚、ハリーのぐったりした手で押さえられていて、斜めに細長い文字が書きつけてある。三日前に届いた手紙だが、ハリーがそれ以来何度も読み返したせいで、固く巻かれていた羊皮紙が、いまでは真っ平らになっていた。

親愛なるハリー

きみの都合さえよければ、わしはプリベット通り四番地を金曜の午後十一時に訪ね、「隠れ穴」まできみを連れていこうと思う。そこで夏休みの残りを過ごすようにと、きみに招待がきておる。

きみさえよければ、「隠れ穴」に向かう途中で、わしがやろうと思っていることを手伝ってもらえればうれしい。このことは、きみに会ったときに、もう少し詳しく説明するとしよう。

このふくろうで返信されたし。それでは金曜日に会いましょうぞ。

信頼を込めて
アルバス・ダンブルドア

ハリーはもう内容を諳んじていた。今夜は七時に窓際に陣取り、数分おきにこの「お墨付き」をちらちら見ながら外を眺めている。窓際からは、プリベット通りの両端がかなりよく見える。ダンブルドアの手紙を何度も読み返したところで、意味がないことはわかっていた。手紙で指示されたように、配達してきたふくろうに「はい」の返事を持たせて帰したからには、いまは待つよりほかはない。ダンブルドアは、くるかこないかのどちらかだ。

しかしハリーは、荷物をまとめていなかった。たった二週間ダーズリー一家と付き合っただけで救い出されるというのも、話がうますぎるような気がする。なにかがうまくいかなくなるような感じを拭い切れない――ダンブルドアへの返事が行方不明になってしまったかもしれないし、ダンブルドアが都合でハリーを迎えにこられなくなる可能性もある。この手紙がダンブルドアからのものではなく、悪戯や冗談、もしくは罠だったと判明するかもしれない。荷造りをしてしまったあとで、がっかりしながらまた荷を解かなければならないような状況には耐えられない。唯一旅立ちの用意として、ハリーは白ふくろうのヘドウィグを安全に鳥籠に閉じ込めるだけはしておいた。

目覚まし時計の長針が十二を指す。まさにそのとき、窓の外の街灯が消えた。

ハリーは、急に暗くなったことが引き金になったように目を覚ました。急いでメガネをかけなおし、窓ガラスにくっついていた頬の代わりに鼻を押しつけ、目を細めて歩道を見つめた。背の高い人物が、長いマントを翻(ひるがえ)し、庭の小道を歩いてくる。

ハリーは電気ショックを受けたように飛び上がり、椅子を蹴飛ばし、床に散らばっている物を手当たり次第に引っつかんではトランクに投げ入れはじめた。ローブをひと揃いと呪文の本を二冊、それにポテトチップスを一袋、部屋の向こう側からポーンと放り投げたとき、玄関の呼び鈴が鳴った。

一階の居間で、バーノンおじさんがさけんだ。

「こんな夜遅くに訪問するとは、いったいなにやつだ?」

ハリーは片手に真鍮(しんちゅう)の望遠鏡を持ち、もう一方の手にスニーカーを一足ぶら下げたまま、その場に凍りついた。ダンブルドアがやってくるかもしれないと、ダーズリー一家に警告するのを完全に忘れていた。大変だという焦りと、吹き出したい気持ちとの両方を感じながら、ハリーはトランクを乗り越え、部屋のドアをぐいと開けた。

そのとたん、深い声が聞こえた。

「こんばんは。ダーズリーさんとお見受けするが?　わしがハリーを迎えにくることは、ハリーからお聞き及びかと存ずるがの?」

ハリーは階段を一段飛ばしに飛び下り、下から数段目のところで急停止した。長い経験が、できるかぎりおじさんの腕の届かない所にいるべきだと教えたからだ。玄関口に、銀色の髪と顎ひげを腰まで伸ばした、痩身で背の高い人物が立っていた。折れ曲がった鼻に半月メガネを載せ、旅行用の長い黒マントを着て、とんがり帽子をかぶっている。ダンブルドアと同じくらいふさふさの口ひげを蓄えた（もっとも黒いひげだが）バーノン・ダーズリーは、赤紫の部屋着を着て、自分の小さな目が信じられないかのように訪問者を見つめている。

「あなたの唖然とした疑惑の表情から察するに、ハリーは、わしの来訪を前もって警告しなかったのですな」ダンブルドアは機嫌よく言う。

「しかしながら、あなたがわしを温かくお宅に招じ入れたということにいたしましょうぞ。この危険な時代に、あまり長く玄関口にぐずぐずしているのは賢明ではないからのう」

ダンブルドアはすばやく敷居をまたいで中に入り、ドアを閉めた。

「前回お訪ねしたのは、ずいぶん昔じゃった」

ダンブルドアは曲がった鼻の上からバーノンおじさんを見下ろす。

「アガパンサスの花が実に見事ですのう」

バーノン・ダーズリーはまったくなにも言わない。だが、おじさんはまちがいなく言葉を取りもどすはずだ。しかももうすぐ――おじさんのこめかみのぴくぴくが沸騰点に達している——しかし、ダンブルドアの持つなにかが、おじさんの息を一時的に止めてしまっているようだ。ダンブルドアの格好がずばり魔法使いそのものだったせいかもしれない。あるいは、もしかしたらバーノンおじさんでさえ、この人物には脅しがきかないと感じたせいなのかもしれない。

「ああ、ハリー、こんばんは」

ダンブルドアは大満足の表情で、半月メガネの上からハリーを見上げた。

「上々、上々」

この言葉でバーノンおじさんは奮い立ったようだ。バーノンおじさんにしてみれば、ハリーを見て「上々」と言うような人物とは、絶対に意見が合うはずがない。

「失礼になったら申しわけないが——」

おじさんが切り出す。一言一言に失礼さがちらついている。

「——しかし、悲しいかな、意図せざる失礼が驚くほど多いものじゃ」

ダンブルドアは重々しく文章を完結させた。

「なれば、なにも言わぬが一番じゃ。ああ、これはペチュニアとお見受けする」

キッチンのドアが開いて、そこにハリーのおばがゴム手袋をはめ、寝巻きの上に部屋着を羽織って立っていた。明らかに、寝る前のキッチン徹底磨き上げの最中らしい。馬に似たその顔にはショック以外の何物も読み取れない。

「アルバス・ダンブルドアじゃ」

バーノンおじさんが紹介する気配がないので、ダンブルドアは自己紹介する。

「お手紙をやり取りいたしましたのう」

爆発する手紙を一度送ったことをペチュニアおばさんに思い出させるにしては、この言い方は変わっているとハリーは思った。しかし、ペチュニアおばさんは反論しなかった。

「そして、こちらは息子さんのダドリーじゃな?」

ダドリーが居間のドアから顔を覗かせている。縞のパジャマの襟から突き出したブロンドの大きな顔は、驚きと恐れで口をぱっくり開け、体のない首だけのような奇妙さだ。ダンブルドアは、どうやらダーズリー一家のだれかが口をきくかどうかを確かめているらしく、しばらくの間なにも言わずに待っていたが、沈黙が続くので、ほほえんだ。

「わしが居間に招き入れられたことにしましょうかの?」

ダドリーは、ダンブルドアが前を通り過ぎるときにあわてて道をあけた。望遠鏡とスニーカーをひっつかんだまま、ハリーは最後の数段を一気に飛び下り、ダンブルドアのあとに従った。ダンブルドアは暖炉に一番近い肘掛椅子に腰を下ろし、無邪気な顔であたりを観察している。この家にダンブルドアの姿は、はなはだしく場違いだ。

「あの——先生、出かけるんじゃありませんか？」ハリーが心配そうに聞く。

「そうじゃ、出かける。しかしその前に、まずいくつか話し合っておかねばならぬことがあるのじゃ」ダンブルドアが答えた。

「それに、おおっぴらに話をせぬほうがよいのでな。もう少しの時間、おじさんとおばさんのご好意に甘えさせていただくとしよう」

「させていただく？　そうするんだろうが？」

バーノン・ダーズリーが、ペチュニアを脇に従えて居間に入ってきた。ダドリーは二人のあとをこそこそついてくる。

「いや、そうさせていただく」ダンブルドアはあっさりと言い切った。

ダンブルドアは杖（つえ）を取り出す。そのあまりの速さに、ハリーにはほとんど杖が見えなかった。軽く一振りすると、ソファーが飛ぶように前進して、ダーズリー一家三人の膝（ひざ）を後ろからすくい、三人は束になってソファーに腰を掛けた。もう一度杖を振ると、ソファーはたちまち元の位置まで後退する。

「居心地よくしようのう」ダンブルドアが朗らかに言う。

杖をポケットにしまう際に、その手が黒く萎（しな）びていることにハリーは気がついた。肉が焼け焦げて落ちたような様子だ。

「先生——どうなさったのですか、その——？」

「ハリー、あとでじゃ」ダンブルドアが言う。「お掛け」

ハリーは残っている肘掛椅子に座り、驚いて口もきけないダーズリー一家のほうを見ないようにした。

「普通なら茶菓でも出してくださるものじゃが」

ダンブルドアがバーノンおじさんに視線を送る。

「しかし、これまでの対応から察するに、そのような期待は楽観的すぎてばかばかしいと言えるじゃろう」

三度目の杖がぴくりと動き、空中から埃っぽい瓶とグラスが五つ現れる。瓶が傾いて、それぞれのグラスに蜂蜜色の液体をたっぷりと注ぎ入れ、グラスがふわふわと五人のもとに飛んでいく。

「マダム・ロスメルタの最高級オーク樽熟成蜂蜜酒じゃ」

ダンブルドアはハリーに向かってグラスを挙げる。ハリーは自分のグラスを捕まえ、一口すすった。これまでに味わったことのない飲み物だったが、とてもおいしい。ダーズリー一家は互いに恐る恐る顔を見合わせたあと、自分たちのグラスを完全に無視することに決めたらしい。しかしそれは至難の業だ。なにしろグラスが、三人の頭を横から軽く小突いている。ハリーは、ダンブルドアが大いに楽しんでいるのではないかという思いがしてしかたがない。

「さて、ハリー」

ダンブルドアがハリーを見る。

「面倒なことが起きてのう。きみが我々のためにそれを解決してくれることを望んでおるのじゃ。我々というのは、不死鳥の騎士団のことじゃが。しかしまずきみに話さねばならんことがある。シリウスの遺言が一週間前に見つかってのう、所有物のすべてを君に遺したのじゃ」

ソファーに座りながらバーノンおじさんがこちらに顔を向けたが、ハリーはおじさんを見もしなかった。「あ、はい」と言うほか、ダンブルドアに言うべき言葉を思いつかない。

「ほとんどが単純明快なことじゃ」

ダンブルドアが続ける。

「グリンゴッツのきみの口座に、ほどほどの金貨が増えたこと、そしてきみがシリウスの私有財産を相続したことじゃ。少々やっかいな遺産は――」

「名付け親が死んだと?」

バーノンおじさんがソファーから大声で問いただす。ダンブルドアもハリーも、おじさんに目を向ける。蜂蜜酒のグラスが、今度は相当しつこくバーノンの頭を横から小突いていた。おじさんはそれを払い退けようとする。

「死んだ？　こいつの名付け親が？」

「そうじゃ」

ダンブルドアは、なぜダーズリー一家に打ち明けなかったのかと、ハリーにたずねたりはしない。

「問題は――」

ダンブルドアは邪魔が入らなかったかのようにハリーに話し続ける。

「シリウスがグリモールド・プレイス十二番地をきみに遺したことじゃ」

「屋敷を相続しただと？」

バーノンおじさんが小さい目を細くして、意地汚く言う。しかし、だれも答えない。

「ずっと本部として使っていいです」ハリーが捨て鉢に言う。「僕はどうでもいいんです。あげます。僕はほんとにいらないんだ」

できればグリモールド・プレイス十二番地には二度と足を踏み入れたくない。シリウスは、あそこを離れようとあれほど必死だった。それなのに、あの家に閉じ込められて、かび臭い暗い部屋をたった一人で徘徊していた。ハリーは、そんなシリウスの記憶に一生つきまとわれるだろうと思った。

「それは気前のよいことじゃ」ダンブルドアが言う。「しかしながら、われわれは一時的にあの建物から退去した」

「なぜです？」

「そうじゃな」

しつこい蜂蜜酒のグラスにいまや矢継ぎ早に頭をぶたれて、バーノンおじさんはぶつくさ言っていたが、ダンブルドアは知らん顔だ。

「ブラック家の伝統で、あの屋敷は代々、ブラックの姓を持つ直系の男子に引き継がれる決まりになっておる。シリウスはその系譜の最後の者じゃった。弟のレギュラスが先に亡くなり、二人とも子供がおらなかったからのう。遺言により、シリウスはきみにあの家を引き継いでもらうことが望みだったことが明白になったが、それでも、あの屋敷になんらかの呪文や呪いがかけられており、ブラック家の純血の者以外は、何人（なんぴと）も所有できぬようになっておらぬともかぎらんのじゃ」

一瞬、生々しい光景がハリーの心をよぎる。グリモールド・プレイス十二番地のホールに掛かっていたシリウスの母親の肖像画が、さけんだり怒りのうなり声を上げたりする様子だ。

「きっとそうなっています」ハリーが言う。

「まことに」ダンブルドアが受けた。「もしそのような呪文がかけられておれば、あの屋敷の所有権は、生存しているシリウスの親族の中で最も年長の者に移る可能性が高い。つまり、いとこのベラトリックス・レストレンジ、ということじゃ」

ハリーは思わず立ち上がる。膝(ひざ)に載せた望遠鏡とスニーカーが床を転がった。ベラトリックス・レストレンジ。シリウスを殺したあいつが屋敷を相続すると言うのか？

「そんな」ハリーが言った。

「まあ、われわれも当然、ベラトリックスなどが相続しないことを望む」

ダンブルドアが静かに続ける。

「状況は複雑をきわめておる。たとえば、あの場所を特定できぬようにわれわれのほうでかけた呪文じゃが、所有権がシリウスの手を離れたとなると、果たして持続するかどうかもわからぬ。いまにもベラトリックスが戸口に現れるかもしれぬ。当然、状況がはっきりするまで、あそこを離れねばならなかったのじゃ」

「でも、僕が屋敷を所有することが許されるのかどうか、どうやったらわかるのですか？」

「幸いなことに」ダンブルドアが言う。「一つの簡単なテストがある」

ダンブルドアが空のグラスを椅子の脇の小さなテーブルに置くと、次の行動に移る間を与えず、バーノンおじさんがさけんだ。

「このいまいましいやつを、どっかにやってくれんか？」

ハリーが振り返ると、ダーズリー家の三人が、腕で頭をかばってしゃがみ込んでいる。ウィスキーの入ったグラスが三人それぞれの頭を上下に飛び跳ね、中身をそこら中に飛び散らかしていた。

「おお、すまなんだ」

ダンブルドアは礼儀正しくそう言うと、ふたたび杖を上げた。三つのグラスが一瞬で消えた。

「しかし、お飲みくださるのが礼儀というものじゃよ」

バーノンおじさんは、嫌味の連発で応酬したくてたまらなそうな顔をしたが、ダンブルドアの杖に豚のようにちっぽけな目を止めたまま、ペチュニアやダドリーと一緒に小さくなってクッションに身を沈め、黙り込んだ。

「よいかな」

ダンブルドアは、バーノンおじさんがなにもさけばなかったかのように、ハリーに向かってもう一度話しかける。

「きみが屋敷を相続したとすれば、もう一つ相続するものが――」

ダンブルドアはひょいと五度目の杖を振る。バチンと大きな音がして、屋敷しもべ妖精が現れた。豚のような鼻、コウモリのような巨大な耳、血走った大きな目のしもべ妖精が、垢まみれのボロを着て、毛足の長い高級そうなカーペットの上にうずくまっている。ペチュニアおばさんが、身の毛もよだつさけびを上げた。こんな汚らしいものが家に入ってきたのは、人生始まって以来のことなのだ。ダドリーはでっかいピンク色の裸足の両足を床から離し、ほとんど頭の上まで持ち上げて座った。まるでこの生き物が、パジャマのズボンに入り込んで駆け上がってくるとでも思っているようだ。バーノンおじさんは「いったい全体、こいつはなんだ？」とわめいた。

「――クリーチャーじゃ」ダンブルドアが最後の言葉を言い終えた。

「クリーチャーはしない、クリーチャーはしない、クリーチャーはそうしない！」しもべ妖精は、しわがれ声でバーノンおじさんと同じくらい大声を上げ、節くれだった長い足で地団駄(じだんだ)を踏みながら自分の耳を引っぱる。

「クリーチャーはミス・ベラトリックスのものですから、ああ、そうですとも、クリーチャーはブラック家のものですから、クリーチャーは新しい女主人様がいいのですから、クリーチャーはポッター小僧には仕えないのですから、クリーチャーはそうしない、しない、しない、しない――」

「ハリー、見てのとおり」

ダンブルドアは、クリーチャーの「しない、しない、しない」とわめき続けるしわがれ声にかき消されないよう、大きな声を出す。

「クリーチャーは、きみの所有物になるのに多少抵抗を見せておる」

「どうでもいいんです」

身をよじって地団駄を踏むしもべ妖精に、嫌悪のまなざしを向けながら、ハリーは同じ言葉を繰り返した。

「僕、いりません」

「しない、しない、しない、しない――」

「クリーチャーがベラトリックス・レストレンジの所有に移るほうがよいと言うのか？　この一年、クリーチャーが不死鳥の騎士団本部で暮らしていたことを考え合わせてもかね？」

「しない、しない、しない、しない――」

ハリーはダンブルドアを見つめた。頭では、クリーチャーがベラトリックス・レストレンジと暮らすことを許してなどならないと理解している。しかし所有するなど、シリウスを裏切った生き物に責任を持つなど、考えるだけでもいやだった。

「命令してみるのじゃ」

ダンブルドアが声を高めて言う。

「きみの所有に移っておるのなら、クリーチャーはきみに従わねばならぬ。さもなくば、この者を正当な女主人から遠ざけておくよう、ほかのなんらかの策を講ぜねばなるまい」

「しない、しない、しない、しないぞ！」

クリーチャーの声が高くなってさけび声になった。ハリーはほかになにも思いつかないまま、ただ「クリーチャー、黙れ！」と命じた。

一瞬、クリーチャーは窒息でもするかと思えた。喉を押さえて、死に物狂いで口をぱくぱくさせ、両眼が飛び出している。数秒間必死で息を呑み込んでいたが、やがてクリーチャーはうつ伏せにカーペットに身を投げ出し（ペチュニアおばさんがヒーッと泣く）、両手両足で床をたたいて、激しく、しかし完全に無言で癇癪を爆発させていた。

「さて、これで事は簡単じゃ」

ダンブルドアはうれしそうだ。

「シリウスはやるべきことをやったようじゃのう。きみはグリモールド・プレイス十二番地と、そしてクリーチャーの正当な所有者じゃ」

「僕――僕、こいつをそばに置かないといけないのですか？」

ハリーは仰天した。足下でクリーチャーがじたばたし続けている。

「そうしたいなら別じゃが」ダンブルドアが言う。

「わしの意見を言わせてもらえば、ホグワーツに送って厨房で働かせてはどうじゃな。そうすれば、ほかのしもべ妖精が見張ってくれよう」

「ああ」ハリーはほっとした。「そうですね。そうします。えーと――クリーチャー

——ホグワーツに行って、そこの厨房でほかのしもべ妖精と一緒に働くんだ」

今度は仰向けになって手足を空中でばたばたさせていたクリーチャーは、心底おぞましげにハリーの顔を上下逆さまに見上げて睨むなり、もう一度バチンという大きな音を立てて消えた。

「上々じゃ」

そしてダンブルドアが言い添える。

「もう一つ、ヒッポグリフのバックビークのことがある。シリウスが死んで以来、ハグリッドが世話をしておるが、バックビークはいまやきみのものじゃ。ちがった措置を取りたいのであれば……」

「いいえ」ハリーは即座に答えた。「ハグリッドと一緒にいていいです。バックビークはそのほうがうれしいと思います」

「ハグリッドが大喜びするじゃろう」

ダンブルドアがほほえみながら応じる。

「バックビークに再会できて、ハグリッドは興奮しておった。ところで、バックビークの安全のためにじゃが、しばらくの間、あれをウィザウィングズと呼ぶことに決めたのじゃ。もっとも、魔法省が、かつて死刑宣告をしたあのヒッポグリフだと気づくとは思えんがのう。さあ、ハリー、トランクは詰め終えているのかね？」

「えーと……」

「わしが現れるかどうか疑っていたのじゃな？」ダンブルドアは鋭く指摘した。

「ちょっと行って——あの——仕上げしてきます」

ハリーは急いでそう言うと、望遠鏡とスニーカーをあわてて拾い上げる。必要な物を探し出すのに十分ちょっとかかった。やっとのことで、ベッドの下から「透明マント」を引っぱり出し、「色変わりインク」のふたを元どおり閉め、大鍋を詰め込んだ上からむりやりトランクのふたを閉じる。それから片手で重いトランクを持ち上げ、もう片方にヘドウィグの籠を持って、一階にもどった。

ダンブルドアが玄関ホールで待っていてくれなかったのにはがっかりだ。また居間にもどらなければならない。

だれも話をしていなかった。ダンブルドアは小さくフンフン鼻歌を歌い、すっかりくつろいだ様子でいたが、その場の雰囲気たるや、冷え切ったお粥より冷たく固まっている。

「先生——用意ができました」

声をかけながらも、ハリーはとてもダーズリー一家に目をやる気になれなかった。

「よろしい」ダンブルドアが言う。「では、最後にもう一つ」

そしてダンブルドアはもう一度ダーズリー一家に話しかけた。

「当然おわかりのように、ハリーはあと一年で成人となる――」

「ちがうわ」

ペチュニアおばさんが、ダンブルドアの到着以来、はじめて口をきいた。

「とおっしゃいますと？」ダンブルドアは礼儀正しく聞き返す。

「いいえ、ちがいますわ。ダドリーより一か月下だし、ダッダーちゃんはあと二年経たないと十八になりません」

「ああ」ダンブルドアは愛想よく応じる。「しかし、魔法界では、十七歳で成人となるのじゃ」

バーノンおじさんが「生意気な」とつぶやいたが、ダンブルドアは聞き流す。

「さて、すでにご存知のように、魔法界でヴォルデモート卿と呼ばれている者が、この国にもどってきておる。魔法界はいま、戦闘状態にある。ヴォルデモート卿がすでに何度も殺そうとしたハリーは、十五年前よりさらに大きな危険にさらされているのじゃ。十五年前とは、わしがそなたたちに、ハリーの両親が殺されたことを説明し、ハリーを実の息子同様に世話するよう望むという手紙をつけて、ハリーをこの家の戸口に置き去りにしたときのことじゃ」

ダンブルドアは言葉を切る。気軽で静かな声だったし、怒っている様子はまったく見えなかったが、ハリーはダンブルドアからなにかひやりとするものが発散するのを感じ、ダーズリー一家がわずかに身を寄せ合うのにも気づいた。

「そなたたちはわしが頼んだようにはせなんだ。ハリーを息子として遇したことはなかった。ハリーはただ無視され、そなたたちの手でたびたび残酷に扱われていた。せめてもの救いは、二人の間に座っておるその哀れな少年が被ったような、言語道断の被害を、ハリーは免れたということじゃろう」

ペチュニアもバーノンも、反射的にあたりを見回す。二人の間に挟まっているダドリー以外に、だれかがいることを期待したようだ。

「わしたちが——ダッダーを虐待したと? なにを——?」

バーノンがかんかんになってそう言いかけたが、ダンブルドアは人指し指を上げて、静かにと合図する。まるでバーノンおじさんを急に口がきけなくしてしまったかのように、沈黙が訪れた。

「わしが十五年前にかけた魔法は、この家をハリーが家庭と呼べるうちは、ハリーに強力な保護を与えるというものじゃった。ハリーがこの家でどんなに惨めだったにせよ、どんなに疎まれ、どんなにひどい仕打ちを受けていたにせよ、そなたたちは、しぶしぶではあったが、少なくともハリーに居場所を与えた。この魔法は、ハリーが十七歳になったときに効き目を失うであろう。つまり、ハリーが一人前の男になった瞬間にじゃ。わしは一つだけお願いする。ハリーが十七歳の誕生日を迎える前に、もう一度ハリーがこの家にもどることを許して欲しい。そうすれば、その時がくるまでは、護りはたしかに継続するのじゃ」

ダーズリー一家はだれもなにも言わなかった。ダドリーは、いったいいつ自分が虐待されたのかをまだ考えているかのように、顔をしかめている。バーノンおじさんは喉（のど）になにかつかえたような顔をしている。しかし、ペチュニアおばさんは、なぜか顔を赤らめていた。

「さて、ハリー……出発の時間じゃ」

立ち上がって長い黒マントのしわを伸ばしながら、ダンブルドアがついにそう言った。

「またお会いするときまで」

ダンブルドアの挨拶に、ダーズリー一家は、自分たちとしてはそのときが永久にこなくてよいという顔をしている。帽子を脱いで挨拶した後、ダンブルドアはすっと部屋を出た。

「さよなら」

急いでダーズリーたちにそう挨拶し、ハリーもダンブルドアに続く。ダンブルドアはヘドウィグの鳥籠（とりかご）を上に載せたトランクのそばで立ち止まった。

「これはいまのところ邪魔じゃな」

ダンブルドアはふたたび杖を取り出す。

「『隠れ穴』で待っているように送っておこう。ただ、『透明マント』だけは持っていきなさい……万が一のためにじゃ」

トランクの中がごちゃごちゃなので、ダンブルドアに見られまいとして苦労しながら、ハリーはやっと「透明マント」を引っぱり出す。それを上着の内ポケットにしまい込むと、ダンブルドアが杖を一振りし、トランクも鳥籠も、ヘドウィグも消え去った。ダンブルドアがさらに杖を振ると、玄関の戸が開き、ひんやりした霧の闇が現れた。

「それではハリー、夜の世界に踏み出し、あの気まぐれで蠱惑的な女性を追求するのじゃ。冒険という名の」

第4章　ホラス・スラグホーン

ハリーはこの数日というもの、目覚めている間は一瞬も休まず、ダンブルドアが迎えにきてくれますようにと必死に願い続けていた。にもかかわらず、いまこうして一緒にプリベット通りを歩きはじめると、ハリーはとても気詰まりな思いがしている。これまで、ホグワーツの外で校長と会話らしい会話を交わしたことはない。いつも校長室の机を挟んで話をしていた。その上、つい数週間前、先学期の最後に面と向かって話し合ったときの記憶が、気まずさをいやが上にも強めている。あのときハリーは、さんざんどなりまくったばかりか、ダンブルドアの大切にしていた物をいくつか、力まかせに打ち砕いた。

しかし、ダンブルドアのほうは、まったくゆったりしたものだ。

「ハリー、杖（つえ）を準備しておくのじゃ」ダンブルドアが朗らかに指示を出す。

「でも、先生、僕は、学校の外で魔法を使ってはいけないのではありませんか？」

「襲われた場合は――」ダンブルドアが答える。「わしが許可する。きみの思いついた反対呪文や呪い返しをなんなりと使うがよいぞ。しかし、今夜は襲われることを心配せずともよかろうぞ」

「どうしてですか、先生?」

「わしと一緒じゃからのう」

ダンブルドアはさらりと言った。

「ハリー、このあたりでよかろう」

プリベット通りの端で、ダンブルドアは急に立ち止まる。

「きみはまだ当然、『姿現わし』テストに合格しておらんの?」

「はい」ハリーが答える。

「十七歳にならないとだめなのではないのですか?」

「そのとおりじゃ」ダンブルドアが言う。

「それでは、わしの腕にしっかりつかまらねばならぬ。左腕にしてくれるかの――気づいておろうが、わしの杖腕はいま多少脆くなっておるのでな」

ハリーは、ダンブルドアが差し出した左腕をしっかりつかんだ。

「それでよい」ダンブルドアが言った。

「さて、参ろう」

ハリーは、ダンブルドアの腕がねじれて抜けていくような感じがして、ますます固くにぎりしめた。気がつくと、すべてが闇の中だった。四方八方からぎゅうぎゅう押さえつけられる。息ができない。鉄のベルトで胸を締めつけられているようだ。目の玉が顔の奥に押しつけられ、鼓膜が頭蓋骨深く押し込められていく。そして――。

ハリーは冷たい夜気を胸一杯吸い込んで、涙目になった目を開けた。たったいま細いゴム管の中をむりやり通り抜けてきたような感じがする。しばらくしてやっと、プリベット通りが消えていることに気づいた。いまは、ダンブルドアと二人で、どこやらさびれた村の小さな広場に立っていた。広場の真ん中に古ぼけた戦争記念碑が建ち、ベンチがいくつか置かれている。遅ればせながら、理解が感覚に追いついてくる。ハリーはたったいま、生まれてはじめて「姿現わし」したのだ。

「大丈夫かな?」

ダンブルドアが気遣わしげにハリーを見下ろす。

「この感覚には慣れが必要でのう」

「大丈夫です」

ハリーは耳をこすった。なんだか耳が、プリベット通りを離れるのをかなりしぶったような感覚だった。

「でも、僕は箒のほうがいいような気がします」

ダンブルドアはほほえんで、旅行用マントの襟元をしっかり合わせなおし、「こっちじゃ」と示した。

ダンブルドアはきびきびした歩調で、空っぽの旅籠や何軒かの家を通り過ぎる。近くの教会の時計を見ると、ほとんど真夜中だった。

「ところで、ハリー」ダンブルドアが言う。

「きみの傷痕じゃが……近ごろは痛むかな？」

ハリーは思わず額に手を上げて、稲妻形の傷痕をさする。

「いいえ」ハリーが答えた。

「でも、それがおかしいと思っているんです。ヴォルデモートがまたとても強力になったのだから、しょっちゅう焼けるように痛むだろうと思っていました」

ハリーがちらりと見ると、ダンブルドアは満足げな表情をしている。

「わしはむしろその逆を考えておった」ダンブルドアが答える。

「きみはこれまでヴォルデモート卿の考えや感情に接近するという経験をしてきたのじゃが、ヴォルデモート卿はやっと、それが危険だということに気づいたのじゃ。どうやら、きみに対して『閉心術』を使っているようじゃな」

「なら、僕は文句ありません」

心をかき乱される夢を見なくなったことも、ヴォルデモートの心を覗き見てぎくりとするような場面がなくなったことも、ハリーは惜しいとは思わない。

二人は角を曲がり、電話ボックスとバス停を通り過ぎる。ハリーはまたダンブルドアを盗み見た。

「先生？」

「なんじゃね？」

「あの――ここはいったいどこですか？」

「ここはのう、ハリー、バドリー・ババートンというすてきな村じゃ」

「それで、ここでなにをするのですか？」

「おう、そうじゃ、きみにまだ話してなかったのう」

ダンブルドアが気軽な調子で説明を始める。

「さて、近年何度これと同じことを言うたか、数え切れぬほどじゃが、またしても、先生が一人足りない。ここにきたのは、わしの古い同僚を引退生活から引きずり出し、ホグワーツにもどるよう説得するためじゃ」

「先生、僕はどんな役に立つんですか？」

「ああ、きみがなにに役立つかは、いまにわかるじゃろう」

ダンブルドアは曖昧な言い方をした。

「ここを左じゃよ、ハリー」

二人は両側に家の立ち並んだ狭い急な坂を登る。窓という窓は全部暗い。ここ二週間、プリベット通りを覆っていた奇妙な冷気がこの村にも流れている。吸魂鬼のことを考え、ハリーは振り返りながらポケットの中の杖（つえ）を再確認するようににぎりしめた。

「先生、どうしてその古い同僚の方の家に、直接『姿現わし』なさらなかったんですか？」

「それはの、玄関の戸を蹴破ると同じくらい失礼なことだからじゃ」

ダンブルドアが答えた。

「入室を拒む機会を与えるのが、われわれ魔法使いの間では礼儀というものでな。いずれにせよ、魔法界の建物はだいたいにおいて、好ましからざる『姿現わし』に対して魔法で護られておる。たとえば、ホグワーツでは——」

「——建物の中でも校庭でも『姿現わし』ができない」ハリーがすばやく返す。「ハーマイオニー・グレンジャーが教えてくれました」

「まさにそのとおり。また左折じゃ」

二人の背後で、教会の時計が午前零時を打った。昔の同僚をこんな遅い時間に訪問するのは失礼にならないのだろうかと、ハリーはダンブルドアの考えを訝（いぶか）しく思ったが、それよりも、せっかく会話がうまく成り立つようになったところでハリーにはもっと差し迫って質問したいことがある。

「先生、『日刊予言者新聞』で、ファッジが大臣をクビになったという記事を見ましたが……」

「そうじゃ」

ダンブルドアは、今度は急な脇道を登っていた。

「後任者は、きみも読んだことと思うが、闇祓い局の局長だった人物で、ルーファス・スクリムジョールじゃ」

「その人……適任だと思われますか？」ハリーは思い切ってたずねた。

「おもしろい質問じゃ」

ダンブルドアは軽やかに受けてくれた。

「たしかに能力はある。コーネリウスよりは意思のはっきりした、強い個性を持っておる」

「ええ、でも僕が言いたいのは――」

「きみの言いたいことはわかっておる。ルーファスは実践派の人間で、人生の大半を闇の魔法使いとの戦いに費やしてきたのじゃから、ヴォルデモート卿を過小評価してはおらぬ」

ハリーは続きを待った。しかしダンブルドアは、「日刊予言者新聞」に書かれていたスクリムジョールとの意見の相違についてはなにも語らない。ハリーも、その話題を追及する勇気がなかったので、話題を変えた。

「それから……先生……マダム・ボーンズのことを読みました」

「そうじゃ」ダンブルドアが静かに応じる。「手痛い損失じゃ。偉大な魔女じゃった。この奥じゃ。たぶん──ぁつっ」

ダンブルドアはけがをした手で指さそうとしていた。

「先生、その手はどう──？」

「いまは説明している時間がない」

ダンブルドアがやんわりとハリーを遮った。

「スリル満点の話じゃから、それにふさわしく語りたいでのう」

ダンブルドアはハリーに笑いかける。すげなく拒絶されたわけではなく、質問を続けてよいという意味だと、ハリーはそう受け止めた。

「先生──ふくろうが魔法省のパンフレットを届けてきました。死喰い人に対して我々がどういう安全措置を取るべきかについての……」

「そうじゃ、わしも一通受け取った」

ダンブルドアはほほえんだまま答える。

「役に立つと思ったかの？」

「あんまり」

「そうじゃろうと思うた。たとえばじゃが、きみはまだ、わしのジャムの好みを聞いておらんのう。わしが本当にダンブルドア先生で、騙り者ではないことを確かめるために」

「それは、でも……」

ハリーは叱られているのかどうか、よくわからないまま答えはじめた。

「きみの後学のために言うておくが、ハリー、ラズベリーじゃよ……もっとも、わしが死喰い人なら、わしに扮する前に、必ずジャムの好みを調べておくがのう」

「あ……はい」

ハリーは、そう答えたあとに質問を続ける。

「あの、パンフレットに、『亡者』とか書いてありました。いったい、どういうものですか？　パンフレットでははっきりしませんでした」

「屍じゃ」ダンブルドアが冷静に説明をしてくれる。

「闇の魔法使いの命令どおりのことをするように魔法がかけられた死人のことじゃ。しかし、ここしばらくは亡者が目撃されておらぬ。前回ヴォルデモートが強力だったとき以来……あやつは、言うまでもなく、死人で軍団ができるほど多くの人を殺した。ハリー、ここじゃよ。ここ……」

二人は、こぎれいな石造りの、庭つきの小さな家に近づいていた。門に向かっていたダンブルドアが急に立ち止まる。しかしハリーは、「亡者」という恐ろしい考えを頭の中で整理するのに忙しくて、ほかのことに気づく余裕もなくダンブルドアにぶつかってしまった。

「なんと、なんと、なんと」

ダンブルドアの視線をたどったハリーは、きちんと手入れされた庭の小道の先を見て愕然とする。玄関のドアの蝶番が外れてぶら下がっていた。

ダンブルドアは通りの端から端まで目を走らせる。まったく人の気配がない。

「ハリー、杖を出して、わしについてくるのじゃ」

ダンブルドアは低い声で言うとダンブルドアは門を開け、ハリーをすぐ後ろに従えて、すばやく音もなく小道を進む。そして杖を掲げて構え、玄関のドアをゆっくり開けた。

「ルーモス！　光よ！」

ダンブルドアの杖先に明かりが灯り、狭い玄関ホールが照らし出された。左側のドアが開け放たれている。杖灯りを掲げて、ダンブルドアは居間に入っていく。ハリーはすぐ後ろについていた。

乱暴狼藉(ろうぜき)の跡が目に飛び込んできた。バラバラになった床置時計が足下に散らばり、文字盤は割れ、振り子は打ち棄(す)てられた剣のように少し離れたところに横たわっている。ピアノが横倒しになって、鍵盤が床の上にばら撒(ま)かれ、そのそばには落下したシャンデリアの残骸が光っている。クッションはつぶれて横の裂け目から羽毛が飛び出し、グラスや陶器のかけらがそこいら中に粉を撒いたように飛び散っていた。ダンブルドアは杖をさらに高く掲げ、光が壁を照らすようにする。壁紙にどす黒いべっとりしたものが飛び散っている。ハリーが小さく息を呑(の)んだので、ダンブルドアが振り返った。

「気持ちのよいものではないのう」

ダンブルドアが重い声で言うた。

「そう、なにか恐ろしいことが起こったのじゃ」

ダンブルドアは注意深く部屋の真ん中まで進み、足下の残骸をつぶさに調べている。ハリーもあとに従い、ピアノの残骸やひっくり返ったソファーの陰に死体が見えはしないかと、半分びくびくしながらあたりを見回すが、その気配はない。

「先生、争いがあったのでは――その人が連れ去られたのではありませんか？」

壁の中ほどまで飛び散る血痕を残すようなら、どんなにひどく傷ついていることかと、わいてくる悪い想像を打ち消しながら、ハリーがたずねた。

「いや、そうではあるまい」

ダンブルドアは、横倒しになっている分厚すぎる肘掛椅子の裏側をじっと見ながら静かに答える。

「では、その人は――？」

「まだそのあたりにいるとな？　そのとおりじゃ」

ダンブルドアは突然さっと身を翻し、ふくれすぎた肘掛椅子のクッションに杖の先を突っ込む。すると椅子がさけんだ。

「痛い！」

「こんばんは、ホラス」

ダンブルドアは体を起こしながら肘掛椅子に挨拶している。

ハリーはあんぐり口を開けた。いまのいままで肘掛椅子があったところに、堂々と太った禿げ頭の老人がうずくまり、下っ腹をさすりながら涙目で恨みがましくダンブルドアを見上げている。

「そんなに強く杖で突く必要はなかろう」

男はよいしょと立ち上がりながら声を荒らげる。

「痛かったぞ」

飛び出した目と、堂々たる銀色のセイウチひげ。ライラック色の絹のパジャマ。その上に羽織った栗色のビロードの上着についているピカピカのボタンとつるつる頭のてっぺんに、杖灯りが反射している。頭のてっぺんがダンブルドアの顎にも届かないくらいの身丈だ。

「なんでばれた？」

まだ下腹をさすりながらよろよろ立ち上がった男が、悪びれもせずうめくように言う。肘掛椅子のふりをしていたのを見破られたばかりにしては、見事なほど恥じ入る様子がない。

「親愛なるホラスよ」

ダンブルドアはおもしろがっているようだ。

「本当に死喰い人が訪ねてきたとしたなら、家の上空に〝闇の印〟が出ているはずじゃ」

男はずんぐりした手で、禿げ上がった広い額をピシャリとたたいた。

「闇の印か」

男が得心したようにつぶやく。

「なにか足りないと思っていたのだ……まあ、よいわ。いずれにせよ、そんな暇はなかった。君が部屋に入ってきたときには、腹のクッションのふくらみを仕上げたばかりだったしな」

男は大きなため息をつき、その息で口ひげの端がひらひらはためいた。

「片付けの手助けをしましょうかの?」ダンブルドアが礼儀正しく聞く。

「頼む」男がうなずいた。

背の高い痩身の魔法使いと背の低い丸い魔法使いが、二人背中合わせに立ち、二人とも同じ動きで杖をスイーッと掃くように振る。

家具が飛んで元の位置にもどり、飾り物は空中で元の形を取りもどし、羽根はクッションに吸い込まれ、破れた本はひとりでに元どおりになりながら本棚に収まった。石油ランプは脇机まで飛んで帰り、また火を灯す。おびただしい数の銀の写真立ては、破片が部屋中をキラキラと飛んでそっくり元のままになり、曇りひとつなく机の上に降り立つ。裂け目も割れ目も穴もそこら中で閉じられ、壁もひとりでにきれいに拭き取られた。

「ところで、あれはなんの血だったのかね?」

再生した床置時計のチャイムの音にかき消されないように声を張り上げて、ダンブルドアがたずねる。

「ああ、あの壁か?　ドラゴンだ」

ホラスと呼ばれた魔法使いが、シャンデリアがひとりでに天井にねじ込まれるガリ、チャリンチャリンというやかましい音に交じってさけぶ。

最後にピアノがポロンと鳴り、そして静寂が訪れた。

「ああ、ドラゴンだ」

ホラスが気軽な口調で繰り返す。

「わたしの最後の一本だが、このごろ値段は天井知らずでね。いや、まだ使えるかもしれん」

ホラスはドスドスと食器棚の上に置かれたクリスタルの小瓶に近づき、瓶を明かりにかざして中のどろりとした液体を調べた。

「フム、ちょっと埃っぽいな」

ホラスは瓶を戸棚の上にもどし、ため息をつく。ハリーに視線が行ったのはそのときだった。

「ほほう」

丸い大きな目がハリーの額に、そしてそこに刻まれた稲妻形の傷に飛んだ。

「ほっほう！」

「こちらは」

ダンブルドアが紹介をするために進み出る。

「ハリー・ポッター。ハリー、こちらが、わしの古い友人で同僚のホラス・スラグホーンじゃ」

スラグホーンは、抜け目のない表情でダンブルドアに食ってかかった。

「それじゃあ、その手でわたしを説得しようと考えたわけだな？　いや、答えはノーだよ、アルバス」

スラグホーンは決然と顔を背けたまま、誘惑に抵抗する雰囲気を漂わせてハリーのそばを通り過ぎた。

「一緒に一杯飲むぐらいのことはしてもよかろう？」

ダンブルドアが問いかける。

「昔のよしみで？」

スラグホーンは一瞬ためらう。

「よかろう、一杯だけだ」スラグホーンは無愛想に返した。

ダンブルドアはハリーにほほえみかけ、つい先ほどまでスラグホーンが化けていた椅子とそれほどちがわない椅子を指して、座るように促した。その椅子は、火の気のもどったばかりの暖炉と、明るく輝く石油ランプのすぐ横にある。ハリーは、ダンブルドアがなぜか自分をできるだけ目立たせたがっていることをはっきり意識しながら、椅子に腰掛ける。たしかに、デカンターとグラスの準備に追われているスラグホーンがもう一度部屋を振り返った際に、真っ先にハリーに目が行った。

「ふん」

まるで目が傷つくのを恐れるかのように、スラグホーンは急いで目を逸らした。

「ほら――」

スラグホーンは、勝手に腰掛けているダンブルドアに飲み物を渡し、ハリーに盆をぐいと突き出してから、元どおりになったソファにとっぷりと腰を下ろし、不機嫌に黙り込む。足が短すぎて、床に届いていない。

「さて、元気だったかね、ホラス？」ダンブルドアがあらためてたずねる。

「あまりパッとしない」

スラグホーンが即座に答えた。

「胸が弱い。ゼイゼイする。リュウマチもある。昔のようには動けん。まあ、そんなもんだろう。年齢だ。疲れた」

「それでも、即座にあれだけの歓迎の準備をするには、相当すばやく動いたに相違なかろう」ダンブルドアが言う。「警告はせいぜい三分前だったじゃろうからのう？」

スラグホーンは半ばいらつき、半ば誇らしげに言い返す。

「二分だ。『侵入者避け』が鳴るのが聞こえなんだ。風呂に入っていたのでな。しかし――」

ふたたび我に返ったように、スラグホーンは厳しい口調にもどる。

「アルバス、わたしが老人である事実は変わらん。静かな生活と多少の人生の快楽を勝ち得た、疲れた年寄りだ」

ハリーは部屋を見回しながら、たしかにそういうものを勝ち得ていると思った。ごちゃごちゃした息が詰まるような部屋ではあるが、快適でないとはだれも言わないだろう。ふかふかの椅子や足載せ台、飲み物や本、チョコレートの箱やふっくらしたクッション。だれが住んでいるかを知らなかったら、ハリーはきっと、金持ちの小うるさい一人者の老婦人の住居と思ったことだろう。

「ホラス、きみはまだわしほどの年ではない」ダンブルドアが言った。

「まあ、君自身もそろそろ引退を考えるべきだろう」

スラグホーンはぶっきらぼうに言い放つ。淡いスグリ色の目は、すでにダンブルドアの傷ついた手を捕えている。

「昔のような反射神経ではないらしいな」

「まさにそのとおりじゃ」

ダンブルドアは落ち着いてそう言いながら、袖(そで)を振るようにして黒く焼け焦げた指の先をあらわにする。一目見て、ハリーはうなじがぞくっとした。

「たしかにわしは昔より遅くなった。しかしまた一方……」

ダンブルドアは肩をすくめ、年の功はあるものだというふうに両手を広げる。傷ついていない左手に、以前には見たことのない指輪がはめられている。金細工と思われる、かなり不器用に作られた大ぶりの指輪で、まん中に大きな亀裂の入った黒いどっしりした石がはめ込んである。スラグホーンもしばらく指輪に目を止めていたが、わずかに顔をしかめて、禿げ上がった額に一瞬しわを寄せる。

「ところで、ホラス、侵入者避けのこれだけの予防線は……死喰い人のためかね？　それともわしのためかね？」ダンブルドアが聞いた。

「わたしみたいな哀れなよれよれの老いぼれに、死喰い人がなんの用がある？」

スラグホーンが問いただす。

「連中は、きみの多大なる才能を、恐喝、拷問、殺人に振り向けさせたいと欲するのではないかのう」

ダンブルドアがさり気なく答える。

「連中がまだ勧誘しにきておらんというのは、本当かね？」

スラグホーンは、ダンブルドアを邪悪な目つきで一瞥しながらつぶやく。

「やつらにそういう機会を与えないようにしたのさ。一年間、居場所を替え続けていたんだ。同じ場所に、一週間以上とどまったためしがない。マグルの家を転々としている。――この家の主はカナリア諸島で休暇中でね。とても居心地がよかったから去るのは残念だが、しかたがない。一度やり方を飲み込めば至極簡単だよ。マグルが『かくれん防止器』代わりに使っているちゃちな防犯ブザーに、単純な『凍結呪文』

をかけること、ピアノを運び込むとき近所の者に絶対見つからないようにすること、この二つだけでいい」

「巧みなものじゃ」

ダンブルドアが感心したように言う。

「しかし、静かな生活を求めるよれよれの老いぼれにしては、たいそう疲れる生き方に聞こえるがのう。さて、ホグワーツにもどれば――」

「あのやっかいな学校にいれば、わたしの生活はもっと平和になるとでも言い聞かせるつもりなら、アルバス、言うだけむだというものだ！　たとえ隠れ住んでいても、ドローレス・アンブリッジが去ってから、おかしな噂がわたしのところにいくつか届いておるぞ！　君がこのごろ、教師にそういう仕打ちをしているなら――」

「アンブリッジ先生は、ケンタウルスの群れと面倒を起こしたのじゃ」

ダンブルドアが、少し語気を強めて反論する。

「きみなら、ホラス、まちがっても禁じられた森にずかずか踏み入った上に、怒ったケンタウルスたちを『汚らわしい半獣』呼ばわりするようなまねはするまい」

「そんなことをしたのか？　あの女は？」

スラグホーンが呆れたように応じた。

「愚かしい女め。もともとあいつは好かん」

ハリーがくすくす笑った。ダンブルドアもスラグホーンも、ハリーを振り向く。

「すみません」ハリーがあわてて謝る。

「ただ――僕もあの人が嫌いでした」

ダンブルドアが突然立ち上がった。

「帰るのか？」間髪(かんはつ)を入れず、スラグホーンが期待顔になる。

「いや、手水場(ちょうずば)を拝借したいが」ダンブルドアが言う。

「ああ」スラグホーンは明らかに失望した声で言った。

「廊下の左手二番目」

ダンブルドアは部屋を横切って出ていく。その背後でドアが閉まると、沈黙が訪れた。しばらくして、スラグホーンが立ち上がったが、どうしてよいやらわからない様子だ。ちらりとハリーを見るなり、肩をそびやかして暖炉まで歩き、暖炉を背にして大きな尻を暖めた。

「彼がなぜ君を連れてきたか、わからんわけではないぞ」スラグホーンが唐突に口を開く。

ハリーはただスラグホーンを見ていた。スラグホーンの潤んだ目が、今度は傷痕(きずあと)の上を滑るように見ただけでなく、ハリーの顔全体も眺める。

「君は父親にそっくりだ」

「ええ、みんながそう言います」ハリーが受ける。

「目だけがちがう。君の目は――」

「ええ、母の目です」何度も聞かされて、ハリーは少しうんざり気味だ。

「ふん。うん、いや、教師として、もちろん依怙贔屓すべきではないが、彼女はわたしのお気に入りの一人だった。君の母親のことだよ」

ハリーの物問いたげな顔に応えて、スラグホーンが説明をつけ加える。

「リリー・エバンズ。教え子の中でも、頭抜けた一人だった。そう、生き生きとしていた。魅力的な子だった。わたしの寮にくるべきだったと、彼女によくそう言ったものだが、いつも悪戯っぽく言い返されたよ」

「どの寮だったのですか？」

「わたしはスリザリンの寮監だった」スラグホーンが答えた。

「それ、それ」

ハリーの表情を見て、ずんぐりした人指し指をハリーに向かって振りながら、スラグホーンが急いで言葉を続ける。

「そのことでわたしを責めるな！　君は彼女と同じくグリフィンドールなのだろうな？　そう、普通は家系で決まる。必ずしもそうではないが。シリウス・ブラックの名を聞いたことがあるか？　聞いたはずだ――この数年、新聞に出ていた――数週間前に死んだな――」

見えない手が、ハリーの内臓をギュッとつかんでねじ上げる。

「まあ、とにかく、シリウスは学校で君の父親の大の親友だった。ブラック家は全員わたしの寮だったが、シリウスはグリフィンドールに決まった。残念だ――能力ある子だったのに。弟のレギュラスが入学してきたときは獲得できたが、できれば一揃い欲しかった」

オークションで競り負けた熱狂的な蒐集家のような言い方だ。思い出にふけっているらしく、スラグホーンはその場でのろのろと体を回し、熱が尻全体に均等に行き渡るようにしながら、反対側の壁を見つめる。

「言うまでもなく、君の母親はマグル生まれだった。そうと知ったときには信じられなかったね。絶対に純血だと思った。それほど優秀だった」

「僕の友達にもマグル生まれが一人います」

ハリーが言う。

「しかも学年で一番の女性です」

「ときどきそういうことが起こるのは不思議だ。そう思うだろう？」スラグホーンが当然のことのように言う。

「べつに」ハリーが冷たく突き放す。

スラグホーンは驚いて、ハリーを見下ろす。

「わたしが偏見を持っているなどと、思ってはいかんぞ！」

スラグホーンがあわてて言い繕う。

「いや、いや、いーや！　君の母親は、いままでで一番気に入った生徒の一人だったと、たったいま言ったはずだが？　それにダーク・クレスウェルもいるな。彼女の下の学年だった――いまでは小鬼連絡室の室長だ――これもマグル生まれで、非常に才能のある生徒だった。いまでも、グリンゴッツの出来事に関して、すばらしい内部情報をよこす！」

スラグホーンははずむように体を上下に揺すりながら、満足げな笑みを浮かべてドレッサーの上にずらりと並んだ輝く写真立てを指さす。それぞれの額の中で小さな写真の主が動いている。

「全部昔の生徒だ。サイン入り。バーナバス・カッフに気づいただろうが、『日刊予言者新聞』の編集長で、毎日のニュースに関するわたしの論評に常に関心を持っている。それにアンブロシウス・フルーム。ハニーデュークスの――誕生日のたびに一箱よこす。それもすべて、わたしがシセロン・ハーキスに紹介してやったおかげで、彼が最初の仕事に就けたわけだからな！　後ろの列――首を伸ばせば見えるはずだが――あれがグウェノグ・ジョーンズ。言うまでもなく女性だけのチームのホリヘッド・ハーピーズのキャプテンだ……わたしとハーピーズの選手たちとは下の名で気軽に呼び合う仲だと聞くと、みな必ず驚く。それに欲しければいつでも、ただの切符が手に入る！」

スラグホーンは、この話をしているうちに、大いに愉快になった様子だ。

「それじゃ、この人たちはみんなあなたの居場所を知っていて、いろいろな物を送ってくるのですか？」

菓子の箱やクィディッチの切符が届き、助言や意見を熱心に求める訪問者たちがスラグホーンの居場所を突き止められるのなら、どうして死喰い人だけがまだ探し当てていないのか、ハリーはおかしいと思った。

壁から血糊が消えるのと同じぐらいあっという間に、スラグホーンの顔から笑いが拭い去られる。

「無論ちがう」

スラグホーンは、ハリーを見下ろしながら答える。

「一年間、だれとも連絡を取っていない」

スラグホーンは、自分自身の言ったことにショックを受けているように思える。一瞬、相当動揺した様子を見せ、それから肩をすくめた。

「しかし……賢明な魔法使いは、こういうときにはおとなしくしているものだ。ダンブルドアがなにを話そうと勝手だが、いまこのときにホグワーツに職を得るのは、公に『不死鳥の騎士団』への忠誠を表明するに等しい。騎士団員はみな、まちがいなくあっぱれで勇敢で、立派な者たちだろうが、わたし個人としてはあの死亡率はいただけない——」

「ホグワーツで教えても、『不死鳥の騎士団』に入る必要なんてありません」

ハリーは嘲るような口調を隠し切ることができなかった。シリウスが洞窟にうずくまって、ネズミを食べて生きていた姿を思い出すと、とうていスラグホーンの甘やかされた生き方に同情する気にはなれない。

「大多数の先生は団員ではありませんし、それにだれも殺されていません——でも、クィレルは別です。あんなふうにヴォルデモートと組んで仕事をしていたのですから、当然の報いを受けたんです」

スラグホーンも、ヴォルデモートの名前を聞くのが耐えられない魔法使いの一人にちがいないと思いはじめていた。期待は裏切られなかった。スラグホーンは身震いして、ガアガアと抗議の声を上げていたが、ハリーは無視する。

「ダンブルドアが校長でいるかぎり、教職員はほかの大多数の人より安全だと思います。ダンブルドアは、ヴォルデモートが恐れるただ一人の魔法使いのはずです。そうではありませんか？」

ハリーはかまわず続けた。

スラグホーンは一呼吸、二呼吸、空を見つめる。ハリーの言ったことを噛みしめているようだ。

「まあ、そうだ。たしかに『名前を呼んではいけないあの人』は、ダンブルドアとはけっして戦おうとはしなかった」

スラグホーンはしぶしぶうなずいた。

「それに、わたしが死喰い人に加わらない以上、『名前を呼んではいけないあの人』がわたしを友とみなすとはとうてい思えない、とも言える……その場合は、わたしはアルバスともう少し近しいほうが安全かもしれん……アメリア・ボーンズの死が、わたしを動揺させなかったとは言えない……あれだけ魔法省に人脈があって保護されていたのに、その彼女が……」

ダンブルドアが部屋にもどってくる。スラグホーンはまるでダンブルドアが家にいることを忘れていたかのように飛び上がった。

「ああ、いたのか、アルバス。ずいぶん長かったな。腹でもこわしたか？」

「いや、マグルの雑誌を読んでいただけじゃ」

ダンブルドアが言う。

「編み物のパターンが大好きでな。さて、ハリー、ホラスのご好意にだいぶ長々と様子でいる。
ハリーはまったく躊躇せずに従い、すぐに立ち上がる。スラグホーンは狼狽した
甘えさせてもろうた。暇する時間じゃ」

「行くのか？」

「いかにも。勝算のないものは、見ればそうとわかるものじゃ」

「勝算がない……？」

スラグホーンは、気持ちが揺れているようだ。ダンブルドアが旅行用マントの紐を結び、ハリーが上着のジッパーを閉めるのを見つめながら、ずんぐりした親指同士をくるくる回してそわそわしている。

「さて、ホラス、きみが教職を望まんのは残念じゃ」

ダンブルドアは傷ついていないほうの手を挙げて別れの挨拶をする。

「ホグワーツは、きみがふたたびもどれば喜んだであろうがのう。我々の安全対策は大いに増強されてはおるが、きみの訪問ならいつでも歓迎しましょうぞ。きみがそう望むなら、じゃが」

「ああ……まあ……ご親切に……どうも……」

「では、さらばじゃ」

「さようなら」ハリーも続ける。

二人が玄関口まで行くと、後ろからさけぶ声が追いかけてくる。

「わかった、わかった。引き受ける！」

ダンブルドアが振り返ると、スラグホーンは居間の出口に息を切らせて立っていた。

「引退生活から出てくるのかね？」

「そうだ、そのとおり」

スラグホーンが急き込んで言う。

「ばかなことにちがいない。しかしそうだ」

「すばらしいことじゃ」

ダンブルドアがにっこりした。

「では、ホラス、九月一日にお会いしましょうぞ」

「ああ、そういうことになる」スラグホーンがうなる。

二人が庭の小道に出たとき、スラグホーンの声が追いかけてきた。

「ダンブルドア、給料は上げてくれるんだろうな！」

ダンブルドアはくすくす笑っている。門の扉が二人の背後でバタンと閉まり、暗闇と渦巻く霧の中、二人は元きた坂道を下った。

「ようやった、ハリー」ダンブルドアが声をかける。

「僕、なにもしてません」ハリーが驚いて言葉を返す。

「いいや、したとも。ホグワーツにもどればどんなに得るところが大きいかを、きみはまさに自分の身をもってホラスに示したのじゃ。ところで、ホラスのことは気に入ったかね？」

「あ……」

ハリーはスラグホーンが好きかどうかわからなかった。あの人はあの人なりに、いい人なのだろうと思うのだが、同時に虚栄心が少々強いように思える。それに、言葉とは裏腹に、マグル生まれの者が優秀な魔女であることに、異常なほどの驚きを見せていた。

「ホラスは――」

ダンブルドアが話を切り出してくれたおかげで、ハリーはなにか答えなければならないという重圧から解放された。

「快適さが好きなのじゃ。それに、有名で、成功した力のある者と一緒にいることも好きでのう。そういう者たちに自分が影響を与えていると感じることが楽しいのじゃ。けっして自分が王座に着きたいとは望まず、むしろ後方の席が好みじゃ――それ、ゆったりと体を伸ばせる場所がのう。ホグワーツでもお気に入りを自ら選んだ。

ときには野心や頭脳により、ときには魅力や才能によって、さまざまな分野でやがては抜きん出るであろう者を選び出すという不思議な才能を持っておった。ホラスはお気に入りを集めて、自分を取り巻くクラブのようなものを作っておった。そのメンバー間で人を紹介したり有用な人脈を固めたりして、その見返りに常になにかを得ていた。好物の砂糖漬けパイナップルの箱詰めだとか、小鬼連絡室の次の室長補佐を推薦する機会だとか」

突然、ハリーの頭の中に、ふくれ上がった大蜘蛛が周囲に糸を紡ぎ出し、あちらこちらに糸をひっかけ、大きくておいしそうなハエを手元に手繰り寄せる姿が、生々しく浮かんだ。

「こういうことをきみに聞かせるのは――」

ダンブルドアが言葉を続ける。

「ホラスに対して――これからはスラグホーン先生とお呼びせねばならんのう――悪感情を持たせるためではなく、きみに用心させるためじゃ。まちがいなくあの男は、きみを蒐集しようとする。きみは蒐集物の中の宝石になるじゃろう。『生き残った男の子』……または、このごろでは『選ばれし者』と呼ばれておるのじゃからのう」

その言葉で、周囲の霧とは関係もなく、ぞくっとする冷気がハリーを襲う。数週間前に聞いた言葉が蘇る。恐ろしい、ハリーにとって特別な意味のある言葉。

〝一方が生きるかぎり、他方は生きられぬ……〟

ダンブルドアは、先ほど通った教会のところまでくると歩を止めた。

「このあたりでいいじゃろう、ハリー。わしの腕につかまるがよい」

今回は覚悟ができていたので、ハリーは「姿現わし」する態勢になっていたが、それでも快適ではなかった。締めつける力が消えて、ふたたび息ができるようになったと思うと、ハリーは田舎道でダンブルドアの横に立っていた。目の前に、世界で二番目に好きな建物のくねくねした影が見える。「隠れ穴」だ。たったいま体中に走った恐怖にもかかわらず、その建物を見ると自然に気持ちが高ぶった。あそこにロンがいる……ハリーが知っているだれよりも料理が上手なウィーズリーおばさんも……。

「ハリー、ちょっとよいかな」

門を通り過ぎながらダンブルドアが言う。

「別れる前に、少しきみと話がしたい。二人きりで。ここではどうかな？」

ダンブルドアはウィーズリー家の箒がしまってある、崩れかかった石の小屋を指さした。なんだろうと思いながら、ハリーはダンブルドアに続いてキーキー鳴る戸をくぐり、普通の戸棚より少し小さいくらいの小屋の中に入る。ダンブルドアは杖先に明かりを灯し、松明のように光らせてハリーにほほえみかけた。

「さて、このことを口にするのを許して欲しいのじゃが、ハリー、魔法省でいろいろとあったにもかかわらず、よう耐えておると、わしはうれしくもあり、きみを少し誇らしくも思うておる。シリウスもきみを誇りに思ったじゃろう。そう言わせて欲しい」

ハリーはぐっと唾を飲んだ。声がどこかへ行ってしまったようだ。シリウスの話をするのは耐えられない。バーノンおじさんが「名付け親が死んだと？」と口に出すのを聞いただけでハリーは胸が痛み、スラグホーンの口からシリウスの名前が気軽に出てくるのを聞くのはなお辛(つら)かった。

「残酷なことじゃ」

ダンブルドアが静かに続ける。

「きみとシリウスがともに過ごした時間はあまりにも短い。長く幸せな関係になるはずだったものを、無残な終わり方をした」

ダンブルドアの帽子を登りはじめたばかりの蜘蛛(くも)から目を離すまいとしながら、ハリーはうなずいた。ハリーにはわかった。ダンブルドアは理解してくれているのだ。そしてたぶん見抜いているのかもしれない。ダンブルドアの手紙が届くまでは、ダーズリーの家で、ハリーが食事もとらずほとんどベッドに横たわったままで、霧深い窓を見つめていたことを。そして吸魂鬼がそばにいるときのように、冷たく虚しい気持ちに沈んでいたことをも。

「信じられないんです」

ハリーはやっと低い声で答えた。

「あの人がもう僕に手紙をくれないなんて」

突然目頭が熱くなり、ハリーは瞬きをする。あまりにも些細なことなのかもしれないが、ホグワーツの外にまるで両親のようにハリーの身の上を心配してくれる人がいるということこそ、名付け親がいることを知った大きな喜びだった……もう二度と、郵便配達ふくろうがその喜びを運んでくることはない……。

「シリウスは、それまできみが知らなかった多くのものを体現しておった」

ダンブルドアは優しく言う。

「それを失うことは、当然、大きな痛手じゃ……」

「でも、ダーズリーのところにいる間に」

ハリーが口を挟む。声が次第に力強くなってくる。

「僕、わかったんです。閉じこもっていてはだめだって――神経が参っちゃいけないって。シリウスはそんなことを望まなかったはずです。それに、どっちみち人生は短いんだ……マダム・ボーンズも、エメリーン・バンスも……次は僕かもしれない。そうでしょう？　でも、もしそうなら――」

ハリーは、今度はまっすぐに杖灯りに輝くダンブルドアの青い目を見つめながら、激しい口調で訴える。

「僕は必ず、できるだけ多くの死喰い人を道連れにします。それに、僕の力が及ぶならヴォルデモートも」

「父君、母君の息子らしい言葉じゃ。そして、まさにシリウスの名付け子じゃ！」

ダンブルドアは満足げにハリーの背中をたたく。

「きみに脱帽じゃ――蜘蛛を浴びせかけることにならなければ、本当に帽子を脱ぐところじゃが」

「さて、ハリーよ、密接に関連する問題なのじゃが……きみはこの二週間、『日刊予言者新聞』を取っておったと思うが？」

「はい」ハリーの心臓の鼓動が少し速くなる。

「さすれば、『予言の間』でのきみの冒険については、情報漏れどころか情報洪水だったことがわかるじゃろう？」

「はい」ハリーは同じ返事を繰り返す。

「ですから、いまではみんなが知っています。僕がその――」

「いや、世間は知らぬことじゃ」

ダンブルドアがハリーを遮る。

「きみとヴォルデモートに関してなされた予言の全容を知っているのは、世界中でただの二人だけじゃ。そしてその二人ともが、この臭い、蜘蛛だらけの箒小屋に立っておる。しかし、多くの者が、ヴォルデモートが死喰い人に予言を盗ませようとしたこと、そしてその予言がきみに関することだという推量をした。それが正しい推量であることは確かじゃ」

「そこで、わしの考えにまちがいはないと思うが、きみは予言の内容をだれにも話しておらんじゃろうな？」

「はい」ハリーが言った。

「それは概ね賢明な判断じゃ」

ダンブルドアは、うなずきながら言う。

「ただし、きみの友人に関しては、緩めるべきじゃろう。そう、ミスター・ロナルド・ウィーズリーとミス・ハーマイオニー・グレンジャーのことじゃ」

ハリーが驚いた顔をすると、ダンブルドアは言葉を続けた。

「この二人は知っておくべきじゃと思う。これほど大切なことを二人に打ち明けぬというのは、二人にとってかえって仇になる」

「僕が打ち明けないのは――」

「――二人を心配させたり恐がらせたりしたくないと？」

ダンブルドアは半月メガネの上からハリーをじっと見つめ、言葉を受けた。

「もしくは、きみ自身が心配したり恐がったりしていることを打ち明けたくないということかな？　ハリー、きみにはあの二人の友人が必要じゃ。きみがいみじくも言ったように、シリウスは、きみが閉じこもることを望まなかったはずじゃ」

ハリーはなにも言わなかったが、ダンブルドアも答えを要求しているようには見えない。

「話は変わるが、関連のあることじゃ。今学年、きみにわしの個人教授を受けて欲しい」

「個人――先生と？」黙って考え込んでいたハリーは、驚いて聞き返した。

「そうじゃ。きみの教育に、わしがより大きくかかわるときがきたと思う」

「先生、なにを教えてくださるのですか？」

「ああ、あっちをちょこちょこ、こっちをちょこちょこじゃ」

ダンブルドアは気楽そうに言う。

ハリーは期待して待ったが、ダンブルドアが詳しく説明しなかったので、ずっと気になっていた別のことをたずねた。

「先生の授業を受けるのでしたら、スネイプとの『閉心術』の授業は受けなくてよいですね？」

「スネイプ先生じゃよ、ハリー——そうじゃ、受けないことになる」

「よかった」ハリーはほっとする。

「だって、あれは——」

ハリーは本当の気持ちを言わないようにしようと、言葉を切った。

「ぴったり当てはまる言葉は『大しくじり』じゃろう」ダンブルドアがうなずく。

ハリーは笑い出した。

「それじゃ、これからはスネイプ先生とあまりお会いしないことになりますね」

ハリーは喜びを声に出しながら言う。

「だって、ふくろうテストで『優』を取らないと、あの先生は『魔法薬』を続けさせてくれないですし、僕はそんな成績は取れていないことがわかっています」

「取らぬふくろうの羽根算用はせぬことじゃ」

ダンブルドアは重々しく諭(さと)す。

「そう言えば、成績は今日中に、もう少しあとで配達されるはずじゃ。さて、ハリー、別れる前にあと二件ある」

「まず最初に、これからはずっと、常に『透明マント』を携帯するように。ホグワーツの中でもじゃ。万一のためじゃよ。よいかな？」

ハリーはうなずいた。

「そして最後に、きみがここに滞在する間、『隠れ穴』には魔法省による最大級の安全策が施されている。これらの措置のせいで、アーサーとモリーにはすでにある程度のご不便をおかけしておる――たとえばじゃが、郵便は、届けられる前に全部、魔法省に検査されておる。二人はまったく気にしておられぬ。きみの安全を一番心配しておるからじゃ。しかし、きみ自身が危険に身をさらすようなまねをすれば、二人の恩を仇で返すことになるじゃろう」

「わかりました」ハリーはすぐさま答えた。

「それならよろしい」

そう言うと、ダンブルドアは箒小屋の戸を押し開けて庭に歩み出る。

「台所に明かりが見えるようじゃ。きみのやせ細りようをモリーが嘆く機会を、これ以上先延ばしにしてはなるまいのう」

第5章　ヌラーがべっとり

ハリーとダンブルドアは、「隠れ穴」の裏口に近づいた。いつものように古いゴム長靴や錆びた大鍋（おおなべ）があたりに散らかっている。遠くの鶏小屋から、コッコッと鶏の低い眠そうな鳴き声が聞こえる。ダンブルドアが三度戸をたたくと、台所の窓越しに中で急になにかが動くのがハリーの目に入った。

「だれ？」

神経質な声がする。ウィーズリーおばさんの声だ。

「名を名乗りなさい！」

「わしじゃ、ダンブルドアじゃよ。ハリーを連れておる」

すぐに戸が開く。背の低い、ふっくらしたウィーズリーおばさんが、着古した緑の部屋着を着て立っている。

「ハリー、まあ！　まったく、アルバスったら、ドキッとしたわ。明け方より前には着かないっておっしゃったのに！」

「運がよかったのじゃ」ダンブルドアがハリーを中へと誘いながら言う。「スラグホーンは、わしが思ったよりずっと説得しやすかったのでな。もちろんハリーのお手柄じゃ。ああ、これはニンファドーラ！」

ハリーが見回すと、こんな遅い時間にもかかわらず、ウィーズリーおばさんはひとりではなかった。くすんだ茶色の髪にハート形の蒼白い顔をした若い魔女が、大きなマグを両手に挟んでテーブル脇に座っている。

「こんばんは、先生」魔女が挨拶する。「よう、ハリー」

「やあ、トンクス」

トンクスは、やつれたように感じる。病気かもしれない。むりをして笑っているようだが、見た目にも、いつもの風船ガムピンクの髪をしていないこともあって、まちがいなく色褪せている。

「わたし、もう帰るわ」

トンクスは短くそう言うと、立ち上がってマントを肩に巻きつけた。

「モリー、お茶と同情をありがとう」

「わしへの気遣いでお帰りになったりせんよう」

ダンブルドアが優しく断った。

「わしは長くはいられないのじゃ。ルーファス・スクリムジョールと、緊急に話し合わねばならんことがあってのう」

「いえ、いえ、わたし、帰らなければいけないの」トンクスはダンブルドアと目を合わせなかった。「おやすみ――」

「ねえ、週末の夕食にいらっしゃらない？　リーマスとそれにマッド-アイもくるし――？」

「ううん、モリー、だめ……でもありがとう……みんな、おやすみなさい」

トンクスは急ぎ足でダンブルドアとハリーのそばを通り、庭に出る。戸口から数歩離れたところで、トンクスはくるりと回って跡形もなく消えた。ウィーズリーおばさんが心配そうな顔をしている。

「さて、ホグワーツで会おうぞ、ハリー」

ダンブルドアが軽やかに言う。

「くれぐれも気をつけることじゃ。モリー、ご機嫌よろしゅう」

ダンブルドアはウィーズリー夫人に一礼して、トンクスに続いて出ていき、まったく同じ場所で姿を消した。庭にだれもいなくなると、ウィーズリーおばさんは戸を閉め、ハリーの肩を押して、テーブルを照らすランタンの明るい光の下まで連れていき、ハリーの姿を確かめる。

「ロンと同じだわ」

ハリーを上から下まで眺めながら、おばさんはため息をつく。

「二人ともまるで『引き伸ばし呪文』にかかったみたい。この前ロンに学校用のローブを買ってやってから、あの子、まちがいなく十センチは伸びてるわね。ハリー、お腹空いてない？」

「うん、空いてる」ハリーは、突然空腹感に襲われた。

「お座りなさいな。なにかあり合わせを作るから」

腰掛けたとたん、ぺちゃんこ顔で、オレンジ色の毛がふわふわした猫が膝に飛び乗り、喉をゴロゴロ鳴らしながら座り込む。

「わっ、ハーマイオニーもいるの？」

クルックシャンクスの耳の後ろを掻きながら、ハリーはうれしそうに聞いた。

「ええ、そうよ。一昨日着いたわ」

ウィーズリーおばさんは、大きな鉄鍋を杖でコツコツたたきながら答える。鍋はガランガランと大きな音を立てて飛び上がるや、竈に載ってたちまちグツグツ煮えはじめた。

「もちろん、みんなもう寝てますよ。あなたがあと数時間はこないと思ってましたからね。さあ、さあ――」

おばさんは、また鍋をたたいた。鍋が宙に浮き、ハリーのほうに飛んできて傾いた。ウィーズリーおばさんは深皿をさっとその下に置き、とろりとしたオニオンスープが湯気を立てて流れ出すのを見事に受ける。

「パンはいかが？」

「いただきます」

おばさんが肩越しに杖を振ると、パンひと塊とナイフが優雅に舞い上がってテーブルに降りる。パンが勝手に切れて、スープ鍋が竈にもどると、ウィーズリーおばさんはハリーの向かい側に腰掛けた。

「それじゃ、あなたがホラス・スラグホーンを説得して、引き受けさせたのね？」

口がスープで一杯で話せなかったので、ハリーはうなずく。

「アーサーも私もあの人に教えてもらったの」おばさんが言う。

「長いことホグワーツにいたのよ。ダンブルドアと同じころに教えはじめたと思うわ。あの人のこと、好き？」

今度はパンで口が塞がり、ハリーは肩をすくめて、どっちつかずに首を振った。

「そうでしょうね」おばさんはわけ知り顔でうなずく。

「もちろんあの人は、その気になればいい人になれるわ。だけどアーサーは、あの人のことをあんまり好きじゃなかった。魔法省はスラグホーンのお気に入りだらけよ。あの人はいつもそういう手助けが上手なの。でもアーサーにはあんまり目をかけたことがなかった――出世株だとは思わなかったらしいの。でも、ほら、スラグホーンにだって、それこそ目違いってものがあるのよ。ロンはもう手紙で知らせたかしら――ごく最近のことなんだけど――アーサーが昇格したの！」

ウィーズリーおばさんがはじめからこれを言いたくてたまらなかったことは、火を見るより明らかだ。ハリーは熱いスープをしこたま飲み込んだ。喉が火ぶくれになるのがわかるような気がする。

「すごい！」ハリーが息を呑んで言う。

「やさしい子ね」ウィーズリーおばさんがにっこりする。ハリーの涙目を見て、昇格の知らせに感激していると勘違いしたらしい。

「そうなの。ルーファス・スクリムジョールが、新しい状況に対応するために、新しい局をいくつか設置してね、アーサーは『偽の防衛呪文ならびに保護器具の発見ならびに没収局』の局長になったのよ。とっても大切な仕事で、いまでは部下が十人いるわ！」

「それって、なにを――？」

「ええ、あのね、『例のあの人』がらみのパニック状態で、あちこちでおかしな物が売られるようになったの。『例のあの人』や『死喰い人』から護るはずのいろんな物がね。どんな物か想像がつくというものだわ――保護薬と称して実は腫れ草の膿を少し混ぜた肉汁ソースだったり、防衛呪文のはずなのに、実際は両耳が落ちてしまう呪文を教えたり……まあ、犯人はだいたいがマンダンガス・フレッチャーのような、まっとうな仕事をしたことがないような連中で、みんなの恐怖につけ込んだ仕業なんだけど、ときどきとんでもないやっかいな物が出てくるの。このあいだアーサーが、呪いのかかった『かくれん防止器』を一箱没収したけど、死喰い人が仕掛けたものだということは、ほとんどまちがいないわ。だからね、とっても大切なお仕事なの。それで、アーサーに言ってやりましたとも。点火プラグだとかトースターだとか、マグルのガラクタを処理できないのが寂しいなんて言うのは、ばかげてるってね」

ウィーズリーおばさんは、点火プラグを懐かしがるのは当然のことだとハリーが言いでもしたように、厳しい目つきで話し終えた。

「ウィーズリーおじさんは、まだお仕事中ですか?」ハリーが聞く。

「そうなのよ。実は、ちょっとだけ遅すぎるんだけど……真夜中ごろにはもどるって言っていたから……」

おばさんはテーブルの端に置いてある洗濯物籠に目をやった。籠に積まれたシーツの山の上に、大きな時計が危なっかしげに載っている。ハリーはすぐにその時計のことを思い出した。針が九本、それぞれに家族の名前が書いてある。いつもはウィーズリー家の居間に掛かっているが、いま置いてある場所から考えると、ウィーズリーおばさんが家中持ち歩いているらしい。九本全部がいまや「命が危ない」を指している。

「このところずっとこんな具合なのよ」

おばさんが何気ない声で言おうとしているのが、見え透いていた。

『例のあの人』のことが明るみに出て以来ずっとそうなの。いまは、だれもが命が危ない状況なんでしょう……うちの家族だけってことはないと思うわ……でも、ほかにこんな時計を持っている人を知らないから、確かめようがないの。あっ！」

急にさけび声を上げ、おばさんが時計の文字盤を指した。ウィーズリーおじさんの針が回って「移動中」になっている。

「お帰りだわ！」

そしてそのとおり、まもなく裏口の戸をたたく音がした。ウィーズリーおばさんは勢いよく立ち上がり、ドアへと急ぐ。片手をドアの取っ手にかけ、顔を木のドアに押しつけて、おばさんが小声で呼びかけた。

「アーサー、あなたなの？」

「そうだ」

ウィーズリーおじさんの疲れた声が聞こえる。

「しかし、私が『死喰い人』だったとしても同じことを言うだろう。質問しなさい！」

「まあ、そんな……」

「モリー！」

「はい、はい……あなたの一番の望みはなに？」

「飛行機がどうして浮いていられるのかを解明すること」

ウィーズリーおばさんはうなずいて、取っ手を回そうとした。ところが向こう側でウィーズリーおじさんがしっかり取っ手を押さえているらしく、ドアは頑として閉じたままだ。

「モリー！　私も君にまず質問しなければならん！」

「アーサーったら、まったく。こんなこと、ばかげてるわ……」

「二人きりのとき、君は私になんて呼んで欲しいかね？」

ランタンの仄暗い明かりの中でさえ、ハリーにはウィーズリーおばさんが真っ赤になったのがわかる。ハリーも耳元から首が急に熱くなるのを感じて、できるだけ大きな音を立ててスプーンと皿をガチャつかせ、あわててスープをがぶ飲みした。

おばさんは恥ずかしさに消え入りそうな様子で、ドアの隙間に向かってささやく。

「かわいいモリウォブル」

「正解」ウィーズリーおじさんが言った。「さあ中に入れてもいいよ」

おばさんが戸を開けると、おじさんが姿を現した。赤毛が禿げ上がった細身の魔法使いで、四角い縁のメガネをかけ、長い埃っぽい旅行用マントを着ている。

「あなたがお帰りになるたびにこんなことを繰り返すなんて、私、いまだに納得できないわ」

夫のマントを脱がせながら、おばさんはまだ頬を染めている。

「だって、あなたに化ける前に、死喰い人はあなたからむりやり答えを聞き出すかもしれないでしょ！」

「わかってるよ、モリー。しかしこれが魔法省の手続きだし、私自らが模範を示さないとね。おや、いい匂いがする――オニオンスープかな？」

ウィーズリー氏は、期待顔で匂いのするテーブルのほうを振り向いた。

「ハリー！　朝までこないと思ったのに！」

二人は握手し、ウィーズリーおじさんはハリーの隣の椅子にドサッと座り込む。おばさんがおじさんの前にもスープを置いた。

「ありがとう、モリー。今夜は大変だった。どこかのばか者が『変化メダル』を売りはじめたんだ。首にかけるだけで、自由に外見を変えられるとか言ってね。十万種類の変身、たった十ガリオン！」

「それで、それをかけると実際どうなるの？」

「だいたいは、かなり気持ちの悪いオレンジ色になるだけだが、何人かには、体中に触手のようなイボが噴き出てきたな。聖マンゴの仕事がまだ足りないと言わんばかりにね！」

「フレッドとジョージならおもしろがりそうな代物だけど」

おばさんがためらいがちに言う。

「あなた、本当に――？」

「あたりまえだよ！」おじさんが断言した。

「あの子たちは、こんなときにそんなことはしない！　みんなが必死に保護を求めているというときに！」

「それじゃ、遅くなったのは『変化メダル』のせいなの？」

「いや、エレファント・アンド・キャッスルで性質の悪い『逆火呪い』があるとタレ込みがあった。しかし幸い、我々が到着したときにはもう、魔法警察部隊が片付けていたけど……」

ハリーはあくびを手で隠す。

「もう寝なくちゃね」

ウィーズリーおばさんの目はごまかせなかった。

「フレッドとジョージの部屋を、あなたのために用意してありますよ。自由にお使いなさいね」

「でも、二人はどこに？」

「ああ、あの子たちはダイアゴン横丁。悪戯(いたずら)専門店の上にある、小さなアパートで寝起きしているの。とっても忙しいのでね」

ウィーズリーおばさんが答えた。

「最初は正直言って、感心しなかったわ。でも、あの子たちはどうやら、ちょっと商才があるみたい！　さあ、さあ、あなたのトランクはもう上げてありますよ」

「おじさん、おやすみなさい」

ハリーは椅子を引きながら挨拶する。クルックシャンクスが軽やかに膝(ひざ)から飛び降り、しゃなしゃなと部屋から出ていく。

「おやすみ、ハリー」おじさんが応(こた)えた。

おばさんと二人で台所を出るとき、おばさんはちらりと洗濯物籠(かご)の時計に目をやっていた。針全部がまたしても「命が危ない」を指している。

フレッドとジョージの部屋は三階にあった。おばさんがベッド脇の小机に置いてあるランプを杖(つえ)で指すと、すぐに明かりが灯(とも)り、部屋は心地よい金色の光で満たされた。小窓の前に置かれた机には、大きな花瓶(かびん)に花が生けてある。しかし、その芳しい香りでさえ、火薬のような臭いが漂っているのをごまかすことはできない。床の大半は、封をしたままの、なにも印のない段ボール箱で占められている。ハリーの学校用トランクもその間にあった。部屋は一時的に倉庫として使われているように見える。大きな洋簞笥（ようだんす）の上にヘドウィグが止まっていて、ハリーに向かってうれしげにホーと一声鳴いてから、窓から飛び立っていった。ハリーがくるまで狩（かり）に出ないで待っていたようだ。おばさんにおやすみの挨拶をしてパジャマに着替え、二つあるベッドの一つに潜り込んだ。枕カバーの中になにやら固い物があるので、中を探って引っぱり出すと、紫とオレンジ色のベタベタした物が出てきた。見覚えのある「ゲーゲー・トローチ」だ。ハリーはひとり笑いしながら横になると、たちまち眠りに落ちていった。

数秒後、とハリーには思えたが、大砲のような音がしてドアが開き、ハリーは起こされてしまった。がばっと起き上がると、サーッとカーテンを開ける音が聞こえた。まぶしい太陽の光が両目を強く突つくようだ。ハリーは片手で目を覆い、もう一方の手でそこいら中を触ってメガネを探す。

「どうじだんだ?」

「君がもうここにいるなんて、僕たち知らなかったぜ！」

興奮した大声が聞こえ、ハリーは頭のてっぺんにきつい一発を食らった。

「ロン、ぶっちゃだめよ！」女性の声が非難する。

ハリーの手がメガネを探し当てた。急いでメガネをかけたものの、光がまぶしすぎてほとんどなにも見えない。長い影が近づいてきて、目の前で一瞬揺れる。瞬きすると焦点が合って、ロン・ウィーズリーがにやにや見下ろしているのが見える。

「元気か？」

「最高さ」

ハリーは頭のてっぺんをさすりながら、また枕に倒れ込む。

「君は？」

「まあまあさ」

ロンは、段ボールを一箱引き寄せて座った。

「いつきたんだ？　ママがたったいま教えてくれた！」

「今朝一時ごろだ」

「マグルのやつら、大丈夫だったか？　ちゃんと扱ってくれたか？」

「いつもどおりさ」

そう言う間に、ハーマイオニーがベッドの端にちょこんと腰掛ける。

「連中、ほとんど僕に話しかけなかった。僕はそのほうがいいんだけどね。ハーマハーマイオニー、元気?」

「ええ、私は元気よ」

ハーマイオニーは、まるで病気にかかりかけている人を見るように、じっとハリーを観察している。

ハリーにはその気持ちがわかるような気がしたが、シリウスの死やほかの悲惨なことを、いまは話したくない。

「いま何時? 朝食を食べそこねたのかなあ?」ハリーが言う。

「心配するなよ。ママがお盆を運んでくるから。君が十分食ってない様子だって思ってるのさ」

まったくママらしいよと言いたげに、ロンは目をぐりぐりさせる。

「それで、最近どうしてた?」

「別に。おじとおばのところで、どうにも動きが取れなかっただろ?」

「嘘つけ!」ロンが言う。「ダンブルドアと一緒に出かけたじゃないか!」

「そんなにわくわくするようなものじゃなかったよ。ダンブルドアは、昔の先生を引退生活から引きずり出すのに、僕に手伝って欲しかっただけさ。名前はホラス・スラグホーン」

「なぁんだ」

ロンががっかりしたような顔をする。

「僕たちが考えてたのは――」

ハーマイオニーがさっと警告するような目でロンを見る。ロンは超スピードで方向転換した。

「――考えてたのは、たぶん、そんなことだろうってさ」

「ほんとか？」ハリーは、おかしくて聞き返した。

「ああ……そうさ、アンブリッジがいなくなったし、当然新しい『闇の魔術に対する防衛術』の先生がいるだろ？　だから、えーと、どんな人？」

「ちょっとセイウチに似てる。それに、前はスリザリンの寮監だった。ハーマイオニー、どうかしたの？」

ハーマイオニーは、いまにも奇妙な症状が現れるのを待っているかのようにハリーを見つめていたが、あわてて曖昧にほほえみ、表情を取り繕う。

「ううん、なんでもないわ、もちろん！　それで、んー、スラグホーンはいい先生みたい？」

「わかんない」ハリーは答える。「アンブリッジ以下ってことは、ありえないだろ？」

「アンブリッジ以下の人、知ってるわ」

入口で声がした。ロンの妹がいらだちもあらわに、突っかかるように前屈みの格好で入ってくる。

「おっはよ、ハリー」

「いったいどうした？」ロンが聞く。

「あの女よ」

ジニーはハリーのベッドにどさっと座った。

「頭にくるわ」

「あの人、今度はなにをしたの？」ハーマイオニーが同情したように聞く。

「わたしに対する口のきき方よ——まるで三つの女の子に話すみたいに！」

「わかるわ」ハーマイオニーが声を落とす。「あの人って、ほんとに自意識過剰なんだから」

ウィーズリーおばさんのことをハーマイオニーがこんなふうに言うなんて。ハリーは度肝を抜かれ、当然ながらロンが怒ったように言い返すものと思った。

「二人とも、ほんの五秒でいいから、あの女をほっとけないのか？」

「えーえ、どうぞ、あの女をかばいなさいよ」

ジニーがぴしゃりと言い捨てる。

「あんたがあの女にめろめろなことぐらい、みんな知ってるわ」

ロンの母親のことにしてはおかしい。ハリーはなにかが抜けていると感じはじめていた。

「だれのことを――？」

質問が終わらないうちに答えが出た。部屋の戸がふたたびパッと開き、ハリーは無意識にベッドカバーを思い切り顎の下まで引っぱり上げていた。おかげでハーマイオニーとジニーが床に滑り落ちる。

入口に若い女性が立っていた。息を呑むほどの美しさに、部屋中の空気が全部呑まれてしまったようだ。背が高く、すらりとたおやかで、長いブロンドの髪。その姿からはかすかに銀色の光が発散しているみたいだ。非の打ち所ない姿をさらに完全にしたのは、女性の捧げているどっさり朝食が載った盆だ。

「アリー」

ハスキーな声がハリーの名を呼ぶ。

「おいさーしぶりね！」

女性がさっと部屋の中に入り、ハリーに近づいてきたそのとき、かなり不機嫌な顔のウィーズリーおばさんが、ひょこひょことあとから現れた。

「お盆を持って上がる必要はないって言ったのよ。私が自分でそうするところだったのに！」

「なんでーもありませーん」

そう言いながら、フラー・デラクールは盆をハリーの膝（ひざ）に載せると、ふわぁっとかがんでハリーの両頬にキスをする。ハリーは、その唇が触れたところが焼けるような感じがした。

「わたし、このい（ひ）とに、とても会いたかったでーす。わたしのシースタのガブリエール、あなた覚えてますか？『ア（ハ）リー・ポター』のこと、あ（は）の子、いつもあなしています。また会えると、きーっとよろこーびます」

「あ……あの子もここにいるの？」ハリーの声がしわがれる。

「いえ、いーえ、おばかさーん」

フラーは玉を転がすように笑う。

「来年の夏でーす。そのときわたしたち――あら、あなた知らないですか？」

フラーは大きな青い目を見開いて、非難するようにウィーズリー夫人を見る。おばさんは「まだハリーに話す時間がなかったのよ」と言い訳をする。

フラーは豊かなブロンドの髪を振ってハリーに向きなおる。振られた髪がウィーズリー夫人の顔を鞭（むち）のように打った。

「わたし、ビルと結婚しまーす！」

「ああ」

ハリーは無表情に返事をした。ウィーズリーおばさんもハーマイオニーもジニーも、けっしてフラーに目を合わせまいとしている。

「うわー、あ――おめでとう！」

フラーはまた躍りかかるようにかがんで、ハリーにキスをする。

「ビルはいま、とーても忙しいです。アードにあたらいていまーす。そして、わたし、グリンゴッツでパートタイムであたらいていまーす。えーいごのため。それで彼、わたしをしばらーくここに連れてきました。家族のいとを知るためでーす。あなたがここにくるというあなしを聞いてうれしかったでーす。――お料理と鶏が好きじゃないと、ここはあまりすることがありませーん！　じゃ――朝食を楽しーんでね、アリー！」

そう言い終えると、フラーは優雅に向きを変え、ふわーっと浮かぶように部屋を出ていき、静かにドアを閉めた。

ウィーズリーおばさんがなにか言ったが、ハリーには「シッシッ！」と聞こえた。

「ママはあの女が大嫌い」ジニーが小声で言う。

「嫌ってはいないわ！」

おばさんが不機嫌にささやくように訂正する。

「二人が婚約を急ぎすぎたと思うだけ、それだけです！」

「知り合ってもう一年だぜ」ロンは妙にふらふらしながら、閉まったドアを見つめている。

「それじゃ、長いとは言えません！　どうしてそうなったか、もちろん私にはわかりますよ。『例のあの人』がもどってきて、いろいろ不安になっているからだわ。明日にも死んでしまうかもしれないと思って。だから、普通なら時間をかけるようなことも決断を急ぐの。前にあの人が勢力を持っていたときも同じだったわ。あっちでもこっちでも、そこいらじゅうで駆け落ちして――」

「ママとパパも含めてね」ジニーがおちゃめに雑ぜ返す。

「そうよ、まあ、お父さまと私は、お互いにぴったりでしたもの。待つ意味なんかないでしょう？」

ウィーズリー夫人が自信満々に言い放つ。

「ところがビルとフラーは……さあ……どんな共通点があると言うの？　ビルは勤勉で地味なタイプなのに、あの娘は――」

「派手な雌牛」

ジニーがうなずく。

「でもビルは地味じゃないわ。『呪い破り』でしょう？　ちょっと冒険好きで、わくわくするようなものに惹かれる……きっとそれだからヌラーに参ったのよ」

「ジニー、そんな呼び方をするのはおやめなさい」

ウィーズリーおばさんは厳しくたしなめるが、ハリーもハーマイオニーも笑ってしまった。

「さあ、もう行かなくちゃ……ハリー、温かいうちに卵を食べるのよ」

おばさんは悩み疲れた様子で、部屋を出ていく。ロンはまだ少しくらくらしているようだ。頭を振ってみたら治るかもしれないと、ロンは耳の水をはじき出そうとしている犬のような仕草をした。

「しばらく同じ家にいれば、あの人に慣れるんじゃないのか？」ハリーが聞いた。

「ああ、そうさ」ロンが言った。「だけど、あんなふうに突然飛び出してこられると、ちょっと……」

「救いようがないわ」

ハーマイオニーは腹立ちまぎれにロンからできるだけ離れ、壁際で回れ右して腕組みしながらロンのほうを向いた。

「あの人に、ずうっとうろうろされたくはないでしょう？」

まさかと言う顔で、ジニーがロンに聞く。ロンが肩をすくめただけなのを見て、ジニーが追い討ちをかけた。

「とにかく、賭けてもいいけど、ママががんばってストップをかけるわ」

「どうやってやるの？」ハリーが聞く。

「トンクスを何度も夕食に招待しようとしてる。ビルがトンクスのほうを好きになればいいって期待してるんだと思うな。そうなるといいな。家族にするなら、わたしはトンクスのほうがずっといい」

「そりゃあ、うまくいくだろうさ」ロンが皮肉る。

「いいか、まともな頭の男なら、フラーがいるのにトンクスを好きになるかよ。そりゃ、トンクスはまあまあの顔さ。髪の毛や鼻に変なことさえしなきゃね。だけど――」

「トンクスは、ヌラーよりめちゃくちゃいい性格してるよ」ジニーが言い張る。

「それにもっと知的よ。闇祓(やみばら)いですからね！」隅のほうからハーマイオニーが援軍を送る。

「フラーだってばかじゃないよ。三校対抗試合選手に選ばれたぐらいだ」ハリーが口を出した。

「あなたまでが！」ハーマイオニーが苦々しく言い捨てる。

「ヌラーが『アリー』って言う、言い方が好きなんでしょう？」

ジニーが軽蔑したように言う。

「ちがうよ」

ハリーは、口を挟まなきゃよかったと思いながら言い返す。

「僕はただ、ヌラーが――じゃない、フラーが――」

「わたしは、トンクスが家族になってくれたほうがずっといい」ジニーが言う。「少なくともトンクスはおもしろいもの」

「このごろじゃ、あんまりおもしろくないぜ」ロンも言い返す。「近ごろのトンクスは、見るたびにだんだん『嘆きのマートル』に似てきてるな」

「そんなのフェアじゃないわ」

ハーマイオニーがぴしゃりと言った。

「あのことからまだ立ちなおっていないのよ……あの……つまり、あの人はトンクスのいとこだったんだから！」

ハリーは気が滅入った。シリウスに行き着いてしまった。ハリーはフォークを取り上げて、スクランブルエッグをがばがばと口に押し込みながら、この部分の会話に誘い込まれることだけは、なんとしても避けたいと思った。

「トンクスとシリウスはお互いにほとんど知らなかったんだぜ！」ロンが言う。「シリウスは、トンクスの人生の半分ぐらいの間アズカバンにいたし、それ以前だって、家族同士が会ったこともなかったし――」

「それは関係ないわ」ハーマイオニーが反論する。「トンクスは、シリウスが死んだのは自分のせいだと思ってるの！」

「どうしてそんなふうに思うんだ?」ハリーは我を忘れて聞いてしまった。

「だって、トンクスはベラトリックス・レストレンジと戦っていたでしょう? 自分が止めを刺してさえいたら、ベラトリックスがシリウスを殺すことはできなかったのにって、そう考えていると思う」

「ばかげてるよ」ロンが言う。

「生き残った者の罪悪感よ」ハーマイオニーが言う。「ルーピンが説得しようとしているのは知っているけど、トンクスはすっかり落ち込んだきりなの。実際、『変化術』にも問題が出てきているわ!」

「何術だって――?」

「いままでのように姿形を変えることができないの」

ハーマイオニーが説明する。

「ショックかなにかで、トンクスの能力に変調をきたしたんだと思うわ」

「そんなことが起こるとは知らなかった」ハリーが言った。

「私も」ハーマイオニーが言う。「でもきっと、本当に滅入っていると……」

ドアがふたたび開いて、ウィーズリーおばさんの顔が飛び出す。

「ジニー」おばさんがささやく。「下りてきて、昼食の準備を手伝って」

「わたし、この人たちと話をしてるのよ!」ジニーが怒る。

「すぐにですよ！」おばさんはそう言うなり顔を引っ込めた。

「ヌラーと二人きりにならなくてすむように、わたしにきて欲しいだけなのよ！」

ジニーが不機嫌に言い放ち、長い赤毛を見事にフラーそっくりに振って両腕をバレリーナのように高く上げ、踊るように部屋を出ていく。

「みんなも早く下りてきたほうがいいよ」部屋を出しなにジニーが言った。

束の間の静けさに乗じて、ハリーはまた朝食に取りかかる。ハーマイオニーは、フレッドとジョージの残した段ボール箱を覗いていたが、ときどきハリーを横目で見る。ロンは、ハリーのトーストを勝手に摘みはじめたが、まだ夢見るような目でドアを見つめている。

「これ、なあに？」

しばらくしてハーマイオニーが、小さな望遠鏡のような物を取り出して聞く。

「さあ」ロンが答えた。

「でも、フレッドとジョージがここに残していったぐらいだから、たぶん、まだ悪戯専門店に出すには早すぎるんだろ。だから、気をつけろよ」

「君のママが、店は流行ってるって言ってたけど」

ハリーが昨夜のおばさんの言葉を伝える。

「フレッドとジョージはほんとに商才があるって言ってた」

「それじゃ言い足りないぜ」

ロンが自慢げに言う。

「ガリオン金貨をざっくざくかき集めてるよ。早く店が見たいな。僕たち、まだダイアゴン横丁に行ってないんだ。だってママが、用心には用心して、パパが一緒じゃないとだめだって言うんだよ。ところがパパは、仕事でほんとに忙しくて。でも、店はすごいみたいだぜ」

「それで、パーシーは？」

ハリーが聞いた。ウィーズリー家の三男は、家族と仲違い（なかたが）いしている。

「君のママやパパと、また口をきくようになったのかい？」

「いぃや」ロンが否定した。

「だって、ヴォルデモートがもどってきたことでは、はじめから君のパパが正しかったって、パーシーにもわかったはずだろ――」

「ダンブルドアがおっしゃったわ。他人の正しさを許すより、まちがいを許すほうがずっとたやすい」

ハーマイオニーが口を挟む。

「ダンブルドアがね、ロン、あなたのママにそうおっしゃるのを聞いたの」

「ダンブルドアが言いそうな、へんてこりんな言葉だな」ロンが言う。

「ダンブルドアって言えば、今学期、僕に個人教授してくれるんだってさ」

ハリーが何気なく口に出した。

ロンはトーストに咽せ、ハーマイオニーは息を呑んだ。

「そんなことを黙ってたなんて！」ロンが怒る。

「いま思い出しただけだよ」ハリーは正直に言った。「ここの箒小屋で、今朝そう言われたんだ」

「おったまげー……ダンブルドアの個人教授！」ロンは感心したように言う。「ダンブルドアはどうしてまた……？」

ロンの声が先細りになる。ハーマイオニーと目を見交わすのが見えた。ハリーはフォークとナイフを置く。ベッドに座っているだけにしては、ハリーの鼓動はやけに速い。ダンブルドアがそうするようにと言った……いまこそそのときではないか？ハリーは、膝の上に流れ込む陽の光に輝いているフォークをじっと見つめたまま、切り出した。

「ダンブルドアがどうして僕に個人教授してくれるのか、はっきりとはわからない。でも、予言のせいにちがいないと思う」

ロンもハーマイオニーも黙ったままだ。二人とも凍りついたのではないかと思われる。ハリーは、フォークに向かって話し続けた。

「ほら、魔法省で連中が盗もうとしたあの予言だ」

「でも、予言の中身はだれも知らないわ」ハーマイオニーが覆いかぶせるように言う。「砕けてしまったもの」

「ただ、『日刊予言者』に書いてあったのは――」

ロンが言いかけるのを、ハーマイオニーが「しーっ」と制した。

「『日刊予言者』にあったとおりなんだ」

ハリーは意を決して二人を見上げた。ハーマイオニーは恐れ、ロンは驚いているようだ。

「砕けたガラス球だけが予言を記録していたのではなかった。ダンブルドアの校長室で、僕は予言の全部を聞いた。本物の予言はダンブルドアに告げられていたから、僕に話して聞かせることができたんだ。その予言によれば――」

ハリーは深く息を吸い込んだ。

「ヴォルデモートに止めを刺さなければならないのは、どうやらこの僕らしい……少なくとも、予言によれば、二人のどちらかが生きているかぎり、もう一人は生き残れない」

三人は、一瞬、互いに黙って見つめ合った。そのとき、バーンという大音響とともにハーマイオニーが黒煙の陰に消える。

「ハーマイオニー！」

ハリーもロンも同時にさけぶ。朝食の盆がガチャンと床に落ちた。望遠鏡をにぎり、片方の目にあざやかな紫の隈取りがついている。煙の中から、ハーマイオニーが咳き込みながら現れた。

「これをにぎりしめたの。そしたらこれ――これ、私にパンチを食らわせたの」

ハーマイオニーが喘いだ。

たしかに、望遠鏡の先からバネつきの小さな拳が飛び出しているのが見える。

「大丈夫さ」

ロンは笑い出さないようにと必死になっている。

「ママが治してくれるよ。軽いけがならお手のもん――」

「ああ、でもそんなこと、いまはどうでもいいわ！」

ハーマイオニーが深刻な声を出す。

「ハリー、ああ、ハリー……」

ハーマイオニーはふたたびハリーのベッドに腰掛ける。

「私たち、いろいろと心配していたの。魔法省からもどったあと……もちろん、あなたにはなにも言いたくなかったんだけど、でも、ルシウス・マルフォイが、予言はあなたとヴォルデモートにかかわることだって言ってたものだから、それで、もしかしたらこんなことじゃないかって、私たちそう思っていたの……ああ、ハリー……」

ハーマイオニーはハリーをじっと見つめる。そしてささやくように聞いた。

「怖い？」

「いまはそれほどでもない」

ハリーは落ちついて答えられた。

「最初に聞いたときは、たしかに……でもいまは、なんだかずっと知っていたような気がする。最後にはあいつと対決しなければならないことを……」

「ダンブルドア自身が君を迎えにいくって聞いたとき、僕たち、君に予言にかかわることをなにか話すんじゃないか、なにかを見せるんじゃないかって思ったんだ」

ロンが夢中になって話す。

「僕たち、少しは当たってただろ？　君に見込みがないと思ったら、ダンブルドアは個人教授なんかしないよ。時間のむだ使いなんか——ダンブルドアはきっと、君に勝ち目があると思っているんだ！」

「そうよ」ハーマイオニーも肯定する。

「ハリー、いったいあなたになにを教えるのかしら？　とっても高度な防衛術かも……強力な反対呪文……呪い崩し……」

ハリーは聞いていなかった。太陽の光とはまったく関係なく、体中に温かいものが広がっていく。胸の固いしこりが溶けていくようだ。ロンもハーマイオニーも、見かけよりずっと強いショックを受けているくせに。しかし、二人はいまもハリーの両隣にいる。ハリーを汚染された危険人物扱いして尻込みしたりせず、慰め、力づけてくれている。ただそれだけで価値がある。ハリーにとっては言葉に言い尽くせないほどの大きな価値が。

「……それに回避呪文全般とか」

ハーマイオニーが言い終える。

「まあ、少なくともあなたは、今学期履修する科目が一つだけはっきりわかっているわけだから、ロンや私よりましだわ。ふくろうテストの結果は、いつくるのかしら？」

「そろそろくるさ。もう一か月も経ってる」ロンが答える。

「そう言えば」

ハリーは今朝の会話をもう一つ思い出した。

「ダンブルドアが、Ｏ・Ｗ・Ｌ（ふくろう）の結果は、今日届くだろうって言ってたみたい！」

「今日？」

ハーマイオニーがさけび声を上げた。

「今日？　なんでそれを――ああ、どうしましょう――あなた、なんでそれをもっと早く――」

ハーマイオニーがはじかれたように立ち上がる。

「ふくろうがきてないかどうか、確かめてくる……」

十分後、ハリーが服を着て空の盆を手に階下に降りていくと、ハーマイオニーはじりじり心配しながら台所のテーブルのそばに腰掛け、ウィーズリーおばさんに半パンダになった目のまわりの手当てを受けていた。

「どうやっても取れないわ」

ウィーズリーおばさんが心配そうに言う。おばさんはハーマイオニーの横に立ち、片手に杖(つえ)を構え、もう片方で『癒者(いしゃ)のいろは』の、「切り傷、すり傷、打撲傷」のページを開けている。

「いつもはこれでうまくいくのに。まったくどうしたのかしら」

「あの二人の考えそうな冗談よ。絶対に取れなくしたんだ」ジニーが言う。

「でも取れてくれなきゃ困る！」

ハーマイオニーが金切り声を上げる。

「一生こんな顔で過ごすわけにはいかないわ！」

「そうはなりませんよ。解毒剤を見つけますから、心配しないで」

ウィーズリーおばさんが慰める。

「ビルが、フレッドとジョージがどんなにおもしろいか、あなしてくれまーした！」

フラーが、落ち着きはらってほほえむ。

「ええ、笑いすぎて息もできないわ」ハーマイオニーが両手をにぎり合わせて指をひねりながら、台所を往ったり来たりしはじめる。

ハーマイオニーは急に立ち上がり、両手をにぎり合わせて指をひねりながら、台所を往ったり来たりしはじめる。

「ウィーズリーおばさん、ほんとに、ほんとに、午前中にふくろうはこなかった？」

「きませんよ。きたら気づくはずですもの」

おばさんが辛抱強く言い聞かす。

「でもまだ九時にもなっていないのですからね、時間は十分……」

「古代ルーン文字はめちゃめちゃだったわ」

ハーマイオニーが熱に浮かされたようにつぶやく。

「少なくとも一つ重大な誤訳をしたのはまちがいないの。それに『闇の魔術に対する防衛術』の実技は全然よくなかったし。『変身術』は、あのときは大丈夫だと思ったけど、いま考えると――」

「ハーマイオニー、黙れよ。心配なのは君だけじゃないんだぜ！」

ロンが大声を上げる。

「それに、君のほうは、大いによろしいの『O・優』を十科目も取ったりして……」

「言わないで！　言わないで！　言わないで！」

ハーマイオニーはヒステリー気味に両手をばたばた振る。

「きっと全科目落ちたわ！」

「落ちたらどうなるのかな？」

ハリーは部屋のみなに質問したのだが、答えはいつものようにハーマイオニーから返ってきた。

「寮監に、どういう選択肢があるかを相談するの。先学期の終わりに、マクゴナガル先生にお聞きしたわ」

ハリーの内臓がのたうった。あんなに朝食を食べなければよかった。

「ボーバトンでは」フラーが満足げに言う。「やり方がちがいまーすね。わたし、そのおがいいと思いまーす。試験は六年間勉強してからで、五年ではないでーす。それから──」

フラーの言葉は悲鳴に呑み込まれた。ハーマイオニーが台所の窓を指さす。空に、はっきりと黒い点が三つ見え、次第に近づいてくる。

「まちがいなく、あれはふくろうだ」

勢いよく立ち上がって、窓際のハーマイオニーのそばに行ったロンが、かすれ声で言う。

「それに三羽だ」

ハリーも急いでハーマイオニーのそばに行き、ロンの反対側に立つ。

「私たちそれぞれに一羽」

ハーマイオニーが恐ろしげに小さな声でつぶやいた。

「ああ、だめ……ああ、だめ……ああ、だめ……」

ハーマイオニーは、ハリーとロンの片肘をがっちりとにぎる。

ふくろうはまっすぐ「隠れ穴」に飛んできた。きりりとしたモリフクロウが三羽、家への小道の上を徐々に降下しながら飛んでくる。近づくとますます、それぞれが大きな四角い封筒を運んでくるのがはっきりと見える。

「ああ、だめぇ！」

ハーマイオニーが悲鳴を上げた。

ウィーズリーおばさんが三人を押し分けて、台所の窓を開けた。一羽、二羽、三羽と、ふくろうが窓から飛び込み、テーブルの上にきちんと列を作って降り立った。三羽揃って右足を上げる。

ハリーが進み出た。ハリー宛の手紙は、真ん中のふくろうの足に結わえつけてある。震える指でハリーはそれを解いた。その左で、ロンが自分の成績を外そうとしている。ハリーの右側では、あまりに震えるハーマイオニーの手がふくろうを丸ごと震えさせていた。

台所ではだれも口をきかない。ハリーはようやく封筒を外し、急いで封を切って、中の羊皮紙を広げた。

普通魔法レベル成績

合格	不合格
優・O（大いによろしい）	不可・P（よくない）
良・E（期待以上）	落第・D（どん底）
可・A（まあまあ）	トロール並・T

ハリー・ジェームズ・ポッターは次の成績を修めた。

天文学	可	A	薬草学	良	E
魔法生物飼育学	良	E	魔法史	落第	D
呪文学	良	E	魔法薬学	良	E

闇の魔術に対する防衛術　優　Ｏ　変身術　良　Ｅ
占い学　不可　Ｐ

ハリーは羊皮紙を数回読み、読むたびに息が楽になる。大丈夫だ。占い学は失敗するとはじめからわかっていたし、試験の途中で倒れたのだから、魔法史に合格するはずはない。しかしほかは全部合格だ！　ハリーは評価点を指でたどった……変身術と薬草学はいい成績で通ったし、魔法薬学でさえ「期待以上」の良だ！　それに、「闇の魔術に対する防衛術」で「優・Ｏ」を修めた。最高だ！

ハリーはまわりを見る。ハーマイオニーはハリーに背を向けてうなだれているが、ロンは喜んでいた。

「占い学と魔法史だけ落ちたけど、あんなもの、だれが気にするか？」

ロンはハリーに向かって満足そうに言う。

「ほら――替えっこだ――」

ハリーはざっとロンの成績を見た。「優・Ｏ」は一つもない……。

「君が『闇の魔術に対する防衛術』でトップなのは、わかってたさ」

ロンはハリーの肩にパンチを噛（か）ました。

「僕たち、よくやったよな？」

「よくやったわ！」

ウィーズリーおばさんは誇らしげにロンの髪をくしゃくしゃっとなでる。

「七ふ・く・ろ・うだなんて、フレッドとジョージを合わせたより多いわ！」

「ハーマイオニー？」

まだ背を向けたままのハーマイオニーに、ジニーが恐る恐る声をかける。

「どうだったの？」

「私――悪くないわ」ハーマイオニーがか細い声で答える。

「冗談やめろよ」

ロンがつかつかと近づき、成績表をハーマイオニーの手からサッともぎ取る。

「それ見ろ――『優・O』が九個、『良・E』が一個、『闇の魔術に対する防衛術』だ」

ロンは半分おもしろそうに、半分呆(あき)れてハーマイオニーを見下ろした。

「君、まさか、がっかりしてるんじゃないだろうな？」

ハーマイオニーが首を横に振ったが、ハリーは笑い出した。

「さあ、われらはいまやN・E・W・T(いもり)学生だ！」ロンがにやりと笑う。

「ママ、ソーセージ残ってない？」

ハリーは、もう一度自分の成績を見なおした。これ以上望めないほどのよい成績だ。一つだけ、後悔に小さく胸が痛む……闇祓いになる野心はこれでおしまい。『魔法薬学』で必要な成績を取ることができなかった。できないことははじめからわかっていたが、それでも、あらためて小さな黒い「良・E」の文字を見ると、胸の奥が落ち込んでいくのを感じる。

ハリーはいい闇祓いになるだろうと最初に言ってくれたのが、変身した死喰い人だったことを考えるととても奇妙な気分になるが、なぜかその言葉がこれまでハリーをとらえてきたのも事実だ。それ以外になりたいものを思いつかない。しかも、一か月前に予言を聞いてからは、なおさらそれがハリーにとって然るべき運命のように思えていた。

……一方が生きるかぎり、他方は生きられぬ……

ヴォルデモートを探し出して殺す使命を帯びた、高度に訓練を受けた魔法使いの仲間になれたなら、予言を成就し、自分が生き残る最大のチャンスが得られたのではないだろうか？

第6章　ドラコ・マルフォイの回り道

それから数週間、ハリーは「隠れ穴」の庭の境界線の中だけで暮らした。毎日の大半をウィーズリー家の果樹園で、二人制クィディッチをして過ごす。ハリーがハーマイオニーと組んでの、ロン・ジニー組との対戦だ。ハーマイオニーは恐ろしくへたで、一方ジニーは相当手強かったので、いい勝負を楽しめた。そして夜には、ウィーズリーおばさんの手料理を、すべて二度お代わりした。

「日刊予言者新聞」には、ほぼ毎日のように、失踪事件や奇妙な事故、さらには死亡事件が報道されていたが、それさえなければ、こんなに幸せで平和な休日はない。ビルとウィーズリーおじさんが、ときどき新聞より早くニュースを持ち帰ることもあった。

ハリーの十六歳の誕生パーティに、リーマス・ルーピンが身の毛もよだつ知らせを持ち込んできた。誕生祝いが台無しとなったウィーズリーおばさんは、ご機嫌斜めになる。ルーピンはげっそりやつれてより深刻な顔つきになり、鳶色の髪には無数の白髪が目立つ。着ている物も以前にも増してボロボロの継ぎはぎだらけだ。

「吸魂鬼の襲撃事件がまたいくつかあった」

おばさんにバースデーケーキの大きなひと切れを取り分けてもらいながら、リーマス・ルーピンが切り出す。

「それに、イゴール・カルカロフの死体が、北のほうの掘っ建て小屋で見つかった。その上に闇の印が上がっていたよ――まあ、正直なところ、あいつが死喰い人から脱走して、一年も生きながらえたことのほうが驚きだがね。シリウスの弟のレギュラスなど、私が憶えているかぎりでは、数日しかもたなかった」

「ええ、でも」ウィーズリーおばさんが顔をしかめる。「なにか別なことを話したほうが――」

「フローリアン・フォーテスキューのことは聞きましたか？」

隣のフラーに、せっせとワインを注いでもらいながら、ビルが問いかける。

「あの店は――」

「――ダイアゴン横丁のアイスクリームの店？」

ハリーは鳩尾に穴があいたような気持ちの悪さを感じながら口を挟んだ。

「僕に、いつもアイスクリームをくれた人だ。あの人になにかあったんですか？」

「拉致された。現場の様子では——」

「どうして?」

ロンが聞く。ウィーズリーおばさんは、ビルをはたと睨(にら)みつけている。

「さあね。なにか連中の気に入らないことをしたんだろう。フローリアンは気のいいやつだったのに」

「ダイアゴン横丁と言えば——」

ウィーズリーおじさんが話し出す。

「オリバンダーもいなくなったようだ」

「杖作(つえつく)りの?」ジニーが驚いて聞いた。

「そうなんだ。店が空っぽでね。争った跡がない。自分で出ていったのか誘拐されたのか、だれにもわからない」

「でも、杖は——杖の欲しい人はどうなるの?」

「ほかのメーカーで間に合わせるだろう」

ルーピンが苦々しく答える。

「しかし、オリバンダーは最高だった。もし敵がオリバンダーを手中にしたとなると、我々にとってはあまり好ましくない状況だ」

この、なりゆき上かなり暗い誕生祝いとなった夕食会の次の日、ホグワーツから恒例の手紙と教科書のリストが届いた。ハリーへの手紙にはびっくりすることが書かれていた。クィディッチのキャプテンになったのだ。

「これであなたは、監督生と同じ待遇よ！」

ハーマイオニーがうれしそうにさけぶ。

「私たちと同じ特別なバスルームが使えるとか」

「わーぉ、チャーリーがこんなのを着けてたの、憶えてるよ」

ロンが大喜びでバッジを眺め回した。

「ハリー、かっこいいぜ。君は僕のキャプテンだ――また僕をチームに入れてくればの話だけど、ハハハ……」

「さあ、これが届いたからには、ダイアゴン横丁行きをあんまり先延ばしにはできないでしょうね」

ロンの教科書リストに目を通しながら、ウィーズリーおばさんがため息をつく。

「土曜に出かけましょう。お父さまがまた仕事にお出かけになる必要がなければだけど。お父さまなしでは、私はあそこへは行きませんよ」

「ママ、『例のあの人』がフローリシュ・アンド・ブロッツ書店の本棚の陰に隠れてるなんて、まじ、そう思ってるわけ？」ロンが鼻先で笑う。

「フォーテスキューもオリバンダーも、休暇で出かけたわけじゃないでしょ？」

おばさんがたちまち燃え上がった。

「安全措置なんて笑止千万だと思うんだったら、ここに残りなさい。私があなたの買い物を——」

「だめだよ。僕、行きたい。フレッドとジョージの店が見たいよ！」ロンがあわてて言い返す。

「それなら、坊ちゃん、態度に気をつけることね。一緒に連れていくには幼なすぎるって、私に思われないように！」

おばさんはぷりぷりしながら柱時計を引っつかみ、洗濯したばかりのタオルの山の上に、バランスを取って載せた。九本の針の全部が全部、「命が危ない」を指し続けている。

「それに、ホグワーツにもどるときも、同じですからね！」

危なっかしげに揺れる時計を載せた洗濯物籠(かご)を両腕に抱え、母親が荒々しく部屋を出ていくのを見届け、ロンは信じられないという顔でハリーを見る。

「おっどろきー……もうここじゃ冗談も言えないのかよ……」

それでもロンはそれから数日というもの、ヴォルデモートに関する軽口をたたかないように気をつけていた。それもあって、以後はウィーズリー夫人の癇癪玉(かんしゃくだま)が破裂することもなく、土曜日の朝を迎える。だが、朝食の際におばさんは、とてもぴりぴりしているように見えた。フラーと一緒に家に残ることになっていたビルが（ハーマイオニーとジニーは、フラーと離れられると大喜びだった）、テーブルの向かい側から、ぎっしり詰まった巾着をハリーに渡す。

「僕のは？」ロンが目をみはって、すぐさまたずねた。

「ばーか、これはもともとハリーの物だ」

ビルが呆れたように言う。

「ハリー、君の金庫から出してきておいたよ。なにしろこのごろは金を下ろそうとすると、一般の客なら五時間はかかる。小鬼がそれだけ警戒措置を厳しくしているということだよ。二日前も、アーキー・フィルポットが『潔白検査棒』を突っ込まれて……まあ、とにかく、こうするほうが簡単なんだから」

「ありがとう、ビル」ハリーは礼を言って巾着をポケットに入れる。

「このいとはいつも思いやりがありまーす」

フラーはビルの鼻をなでながら、うっとりとやさしい声を出す。ジニーがフラーの陰で、コーンフレークスの皿に吐くまねをしている。ハリーはコーンフレークスに咽せ、ロンがその背中をとんとんとたたく。

どんより曇った陰気な日だ。マントを引っかけながら家を出ると、以前に一度乗ったことのある魔法省の特別車が一台、前の庭でみなを待っていた。

「パパが、またこんなのに乗れるようにしてくれて、よかったなあ」

ロンが、車の中で悠々と手足を伸ばしながら感謝する。台所の窓から手を振るビルとフラーに見送られ、車は滑るように「隠れ穴」を離れた。ロン、ハリー、ハーマイオニー、ジニーの全員が、広い後部座席にゆったりと心地よく座る。

「慣れっこになってはいけないよ。これはただハリーのためなんだから」

ウィーズリーおじさんが振り返って諭す。おじさんとおばさんは前の助手席に魔法省の運転手と一緒に座っていた。そこは必要に応じて、ちゃんと二人掛けのソファーのような形に引き伸ばされている。

「ハリーは、第一級セキュリティの資格が与えられている。それに、『漏れ鍋』でも追加の警護員が待っている」

ハリーはなにも言わなかったが、闇祓いの大部隊に囲まれて買い物をするのは、気が進まない。「透明マント」をバックパックに詰め込んできている。ダンブルドアがそれで十分だと考えるのだから、魔法省だってそれで十分だと考えてくれたっていいのに。ただし、あらためて考えてみると、魔法省がハリーの「マント」のことを知っているかどうかは、定かではない。

「さあ、着きました」

驚くほど短時間しか乗っていない。それに、運転手の声をそのときはじめて聞いた。車はチャリング・クロス通りで速度を落とし、「漏れ鍋」の前で停まった。

「ここでみなさんをお待ちします。だいたいどのくらいかかりますか？」

「一、二時間だろう」ウィーズリーおじさんが答える。「ああ、よかった。もうきている！」

おじさんをまねて窓から外を覗いたハリーは、心臓が小躍りした。パブ「漏れ鍋」の外には、闇祓いたちではなく巨大な黒ひげの姿が待っている。ホグワーツの森番、ルビウス・ハグリッドだ。長いビーバー皮のコートを着て、ハリーを見つけると、通りすがりのマグルたちがびっくり仰天して見つめるのもおかまいなしに、にっこりと笑いかけてくる。

「ハリー！」

大音声（だいおんじょう）で呼びかけ、ハリーが車から降りたとたん、ハグリッドは骨も砕けそうな力で抱きしめた。

「バックビーク——いや、ウィザウィングズだ——ハリー、あいつの喜びようをおまえさんに見せてやりてえ。また戸外に出られて、あいつはうれしくてしょうがねえんだ——」

「それなら僕もうれしいよ」

ハリーは肋骨をさすりながらにやっとする。

「『警護員』とはハグリッドのことだって、僕たち知らなかった！」

「うん、うん。まるで昔にもどったみてえじゃねえか？　あのな、魔法省は闇祓いをごっそり送り込もうとしたんだが、ダンブルドアがおれひとりで大丈夫だって言いなすった」

ハグリッドは両手の親指を胸ポケットに突っ込んで、誇らしげに胸を張る。

「そんじゃ、行こうか――モリー、アーサー、どうぞお先に――」

「漏れ鍋」はものの見事に空っぽだった。ハリーの知るかぎりこんなことははじめてだ。昔はあれほど混んでいたのに、歯抜けで萎びた亭主のトムしか残っていない。中に入ると、トムが期待顔で一行を見たが、口を開く前にハグリッドがもったいぶって言う。

「今日は通り抜けるだけだ。トム、わかってくれ。なんせ、ホグワーツの仕事だ」

トムは陰気にうなずき、またグラスを磨きはじめる。ハリー、ハーマイオニー、ハグリッド、それにウィーズリー一家は、パブを通り抜けて肌寒い小さな裏庭に出る。ゴミバケツがいくつか置いてある。ハグリッドはピンクの傘を上げて、壁のレンガの一つを軽くたたいた。たちまち壁がアーチ形に開き、その向こうに曲りくねった石畳の道が延びている。一行は入口をくぐり、立ち止まってあたりを見回す。

ダイアゴン横丁は様変わりしていた。キラキラと色あざやかに飾りつけられたショーウィンドウの、呪文の本も魔法薬の材料も大鍋も、その上に貼りつけられた魔法省の大きなポスターに覆われて見えない。くすんだ紫色のポスターのほとんどは、この夏の間に配布された魔法省パンフレットに書かれている保安上の注意事項を拡大したものだが、中にはまだ捕まっていない「死喰い人」の、動くモノクロ写真もある。一番近くの薬問屋の店先で、大写しのベラトリックス・レストレンジがにやにや笑っている。

窓に板が打ちつけられている店もいくつか目につく。フローリアン・フォーテスキューのアイスクリーム・パーラーもその一つ。一方、通り一帯にみすぼらしい屋台があちこち出現している。一番手前の屋台はフローリシュ・アンド・ブロッツの前に設えられ、染みだらけの縞の日除けをかけた店の前には、段ボールの看板が留めてあった。

護　符

狼人間、吸魂鬼、亡者に有効

怪しげな風体の小柄な魔法使いが、銀の符牒(ふちょう)をつけたチェーンを腕一杯抱えて、通行人に向かってジャラジャラ鳴らしている。

「奥さん、お嬢ちゃんにお一ついかが？」

一行が通りかかると、売り子はジニーを横目で見ながらウィーズリー夫人に呼びかけた。

「お嬢ちゃんのかわいい首を護りませんか？」

「私が仕事中なら……」

ウィーズリーおじさんが護符売りを怒ったように睨(にら)みつけながら言いかける。

「そうね。でもいまはだれも逮捕したりなさらないで。急いでいるんですから」

おばさんは落ち着かない様子で買い物リストを調べながら夫を制した。

「マダム・マルキンのお店に最初に行ったほうがいいわ。ハーマイオニーは新しいドレスローブを買いたいし、ロンは学校用のローブから足首が丸見えですもの。それに、ハリー、あなたも新しいのがいるわね。とっても背が伸びたわ――さ、みんな――」

「モリー、全員がマダム・マルキンの店に行くのはあまり意味がない」

ウィーズリーおじさんが言う。

「その三人はハグリッドと一緒に行って、我々はフローリシュ・アンド・ブロッツでみんなの教科書を買ってはどうかね？」

「さあ、どうかしら」

おばさんが不安そうに言う。買い物を早くすませたい気持ちと、ひと塊になっていたい気持ちとの間で迷っているのが明らかだ。

「ハグリッド、あなたはどう思――？」

「気ぃもむな。モリー、こいつらはおれと一緒で大丈夫だ」

ハグリッドが、ゴミバケツのふたほど大きい手を気軽に振って、なだめるように言う。おばさんは完全に納得したようには見えなかったが、二手に分かれることを承知して、おじさんとジニーと三人でフローリシュ・アンド・ブロッツへとそそくさと走っていく。ハリー、ロン、ハーマイオニーは、ハグリッドと一緒にマダム・マルキンに向かう。

通行人の多くが、ウィーズリーおばさんと同じように切羽詰まった心配そうな顔でそばを通り過ぎていく。立ち話をしている人もいない。買い物客は、それぞれしっかり自分たちだけで塊って、必要なことだけに集中して動いている。一人で買い物をしている人などだれもいない。

「おれたち全部が入ったら、ちぃときついかもしれん」

ハグリッドはマダム・マルキンの店の外で立ち止まり、体を折り曲げて窓から覗きながら言う。

「おれは外で見張ろう。ええか?」

そこで、ハリー、ロン、ハーマイオニーは一緒に小さな店内に入る。店の外から覗いたときにはだれもいないように見えたが、ドアが背後で閉まったとたん、緑と青のスパンコールのついたドレスローブが掛けてあるローブ掛けの向こう側から、聞き覚えのある声が聞こえてきた。

「……お気づきでしょうが、母上、もう子供じゃないんだ。僕はひとりで買い物ぐらいできます」

チッチッと舌打ちする音のあとに、マダム・マルキンだとわかる声が聞こえる。

「あのね、坊ちゃん、あなたのお母様のおっしゃるとおりですよ。もうだれも、一人でふらふら歩いちゃいけないわ。子供かどうかとは関係なく――」

「そのピン、ちゃんと見て打つんだ!」

蒼白(あおじろ)い、顎(あご)の尖(とが)った顔にプラチナ・ブロンドの十代の青年が、ローブ掛けの後ろから現れる。裾(すそ)と袖口(そでぐち)とに何本ものピンを光らせて、深緑の端正なローブを着ている。青年は鏡の前まで大股で歩き自分の姿を確かめていたが、やがて肩越しに映るハリー、ロン、ハーマイオニーの姿を認めて、その薄いグレーの目を細くした。

「母上、なにが臭いのか訝(いぶか)っておいででしたら、たったいま、『穢(けが)れた血(ち)』が入ってきましたよ」ドラコ・マルフォイが言う。

「そんな言葉は使って欲しくありませんね！」

ローブ掛けの後ろから、マダム・マルキンが巻尺と杖を手に急ぎ足で現れた。

「それに、私の店で杖を引っぱり出すのもお断りです！」

ドアのほうをちらりと見たマダム・マルキンが、あわててつけ加える。入口のそばでは、ハリーとロンが二人とも杖を構えてマルフォイを狙っていた。

ハーマイオニーは二人の少し後ろに立って、「やめて、ねえ、そんな価値はないわ……」とささやいている。

「ふん、学校の外で魔法を使う勇気なんかないくせに」

マルフォイがせせら笑う。

「グレンジャー、目の痣はだれにやられた？　そいつらに花でも贈りたいよ」

「いいかげんになさい！」

マダム・マルキンは厳しい口調でそう言うと、振り返って加勢を求める。

「奥様――どうか――」

ローブ掛けの陰から、ナルシッサ・マルフォイがゆっくりと現れた。

「それをおしまいなさい」

ナルシッサが、ハリーとロンに冷たく言葉をかける。

「私の息子をまた攻撃したりすれば、それがあなたたちの最後の仕業になるようにしてあげますよ」

「へーえ？」

ハリーは一歩進み出て、ナルシッサの落ち着きはらった高慢な顔をじっと見た。蒼ざめてはいても、その顔はやはり姉に似ている。ハリーはもう、ナルシッサと同じぐらいの背丈になっていた。

「仲間の死喰い人を何人か呼んで、僕たちを始末してしまおうというわけか？」

マダム・マルキンは悲鳴を上げて、心臓のあたりを押さえる。

「そんな、非難なんて――そんな危険なことを――杖をしまって。お願いだから！」

しかし、ハリーは杖を下ろさなかった。ナルシッサ・マルフォイは不快げな笑みを浮かべている。

「ダンブルドアのお気に入りだと思って、どうやらまちがった安全感覚をお持ちのようね、ハリー・ポッター。でも、ダンブルドアがいつもそばであなたを護ってくれるわけではありませんよ」

ハリーは、からかうように店内を見回した。

「うわー……どうだい……ダンブルドアはいまここにいないや！　それじゃ、ためしにやってみたらどうだい？　アズカバンに二人部屋を見つけてもらえるかもしれないよ。敗北者のご主人と一緒にね！」

マルフォイが怒って、ハリーにつかみかかろうとしたが、長すぎるローブに足を取られてよろめいた。ロンが大声で笑う。

「母上に向かって、ポッター、よくもそんな口のきき方を！」マルフォイが凄んだ。

「ドラコ、いいのよ」

ナルシッサがほっそりした白い指をドラコの肩に置いて制す。

「私がルシウスと一緒になる前に、ポッターは愛するシリウスと一緒になることでしょう」

ハリーはさらに杖を上げた。

「ハリー、だめ！」

ハーマイオニーがうめき声を上げ、ハリーの腕を押さえて下ろさせようとした。

「落ち着いて……やってはだめよ……困ったことになるわ……」

マダム・マルキンは一瞬おろおろしたあとで、なにも起こらないほうに賭けて、なにも起こっていないかのように振る舞おうと決めたようだ。マダム・マルキンは、まだハリーを睨みつけているマルフォイのほうに身をかがめる。

「この左袖はもう少し短くしたほうがいいわね。ちょっとそのように――」

「痛い！」

マルフォイは大声を上げて、マダム・マルキンの手をたたく。

「気をつけてピンを打つんだ！　母上――もうこんな物は欲しくありません――」

マルフォイはローブを引っぱって頭から脱ぎ、マダム・マルキンの足元にたたきつけた。

「そのとおりね、ドラコ」

ナルシッサは、ハーマイオニーを侮蔑的な目で見ながら言い捨てる。

「この店の客がどんなクズかわかった以上……トウィルフィット・アンド・タッティングの店のほうがいいでしょう」

二人は足音も荒く店を出ていく。マルフォイは出ていきざま、ロンにわざと思いきり強くぶつかった。

「ああ、まったく！」

マダム・マルキンは落ちたローブをさっと拾い上げ、杖で電気掃除機のように服をなぞって埃を取る。

ロンとハリーの新しいローブの寸法直しをしている間、マダム・マルキンはずっと気もそぞろで、ハーマイオニーに魔女用のローブではなく男物のローブを売ろうとしたりしていた。最後にお辞儀をして三人を店から送り出したときには、やっと出ていってくれてうれしいという雰囲気を醸し出していた。

「全部買ったか？」

三人が自分のそばにもどってきたのを見て、ハグリッドが朗らかに聞く。

「まあね」ハリーが言う。「マルフォイ親子を見かけた？」

「ああ」ハグリッドは暢気に答える。「だけんど、いかにあいつらだって、まさかダイアゴン横丁のど真ん中で面倒を起こしたりはせんだろう。ハリー、やつらのことは気にすんな」

ハリー、ロン、ハーマイオニーは顔を見合わせる。しかし、ハグリッドの安穏とした考えを正すことができないうちに、ウィーズリーおじさん、おばさんとジニーが、それぞれ重そうな本の包みを提げてやってきた。

「みんな大丈夫？」おばさんが言う。「ローブは買ったの？　それじゃ、薬問屋とイーロップの店にちょっと寄って、それからフレッドとジョージのお店に行きましょう――離れないで、さあ……」

ハリーもロンも、もう魔法薬学を取らないことになるので薬問屋ではなんの材料も買わなかったが、イーロップのふくろう百貨店では、ヘドウィグとピッグウィジョンのためにふくろうナッツの大箱をいくつも買った。その後、おばさんが一分ごとに時計をチェックする中で一行は、フレッドとジョージの経営する悪戯専門店、〝ウィーズリー・ウィザード・ウィーズ〟を探してさらに歩いた。

「もうほんとに時間がないわ」おばさんが言う。「だからちょっとだけ見て、それからすぐに車にもどるのよ。もうこのあたりのはずだわ。ここは九十二番地……九十四……」

「うわーっ」ロンが道の真ん中で立ち止まった。

魔法省のポスターで覆い隠された冴（さ）えない店頭が立ち並ぶ中で、フレッドとジョージのショーウィンドウは、花火大会のように目を奪う。たまたま通りがかった人も、振り返ってウィンドウを見ているし、何人かは愕然（がくぜん）とした顔で立ち止まり、その場に釘づけになっている。左側のウィンドウには目のくらむような商品の数々が、回ったり跳ねたり光ったり、はずんだりさけんだりしていた。見ているだけでハリーは目がチカチカしてきた。右側のウィンドウは巨大ポスターで覆われていて、色は魔法省のと同じ紫色だったが、黄色の文字があざやかに点滅している。

「例のあの人」なんか、気にしてる場合か？
うーんと気になる新製品
『ウンのない人』
便秘のセンセーション　国民的センセーション！

ハリーは声を上げて笑った。そばで低いうめき声のようなものが聞こえたので振り返ると、ポスターを見つめたまま声も出ない様子のウィーズリーおばさんだった。おばさんの唇が動き、声を出さずに「ウンのない人」と読んでいる。

「あの子たち、きっとこのままじゃすまないわ！」おばさんがかすかな声で言う。

「そんなことないよ！」ハリーと同じく笑っていたロンが言い返す。「これ、すっげえ！」

ロンとハリーが先に立って店に入る。お客で満員だ。ハリーは商品棚に近づくことすらできない。目を凝らして見回すと、小さな箱が天井まで積み上げられている。双子が先学期、中退する前に完成した「ずる休みスナックボックス」の山積みだ。「鼻血ヌルヌル・ヌガー」が一番人気の商品らしく、棚にはつぶれた箱一つしか残っていない。「だまし杖」がぎっしり詰まった容器もある。一番安い杖は、振るとゴム製の鶏かパンツに変わるだけだが、一番高い杖は、油断していると持ち主の頭や首をたたく。羽根ペンの箱を見ると、「自動インク」、「綴りチェック」、「冴えた解答」などの種類がある。

人込みの間に隙間ができたので、押し分けてカウンターに近づいてみると、そこには就学前の十歳児たちがわいわい集まって、木製のミニチュア人形が本物の絞首台に向かってゆっくり階段を上っていくのを見ている。その下に置かれた箱にはこう書いてある。

「何度も使えるハングマン首吊り綴り遊び——綴らないと吊るすぞ！」

「『特許・白昼夢呪文』……」

やっと人込みをかき分けてやってきたハーマイオニーが、カウンターのそばにある大きなディスプレーを眺めて、商品の箱の裏に書かれた説明書きを読んでいた。箱には、海賊船の甲板に立っているハンサムな若者とうっとりした顔の若い女性の絵が、ど派手な色で描かれている。

簡単な呪文で、現実味のある最高級の夢の世界へ三十分。平均的授業時間に楽々フィット。ほとんど気づかれません。

（副作用として、ボーっとした表情と軽い涎あり）十六歳未満お断り

「あのね」

ハーマイオニーが、ハリーを見て言う。

「これ、本当にすばらしい魔法だわ！」

「よくぞ言った、ハーマイオニー」

二人の背後で声がした。

「その言葉に一箱無料進呈だ」

フレッドが、にっこり笑って二人の前に立っている。赤紫色のローブが、燃えるような赤毛と見事に反発し合っている。

「ハリー、元気か？」

二人は握手した。

「それで、ハーマイオニー、その目はどうした？」

「あなたのパンチ望遠鏡よ」ハーマイオニーが無念そうに言った。

「あ、いっけねぇ、あれのこと忘れてた」フレッドが言った。「ほら——」

フレッドはポケットから丸い容器を取り出して、ハーマイオニーに渡す。ハーマイオニーが用心深くネジぶたを開けると、中にはどろりとした黄色の軟膏が詰まっていた。

「軽く塗っとけよ。一時間以内に痣が消える」

フレッドが明るく言う。

「おれたちの商品はだいたい自分たちが実験台になってるんだ。ちゃんとした痣消しを開発しなきゃならなかったんでね」

「これ、安全、なんでしょうね？」ハーマイオニーは不安そうだ。

「太鼓判さ」フレッドが元気づけるように断言する。

「ハリー、こいよ。案内するから」

軟膏(なんこう)を目のまわりに塗りつけているハーマイオニーを残し、ハリーはフレッドに従って店の奥に入った。そこには手品用のトランプやロープのスタンドがある。

「マグルの手品だ！」

フレッドが指さしながらうれしそうに言う。

「親父みたいな、ほら、マグル好きの変人用さ。儲けはそれほど大きくないけど、かなりの安定商品だ。珍しさが大受けでね……ああ、ジョージだ……」

フレッドの双子の相方が、元気一杯ハリーと握手する。

「案内か？　奥にこいよ、ハリー。おれたちの儲け商品ラインがある――万引きは、君、ガリオン金貨より高くつくぞ！」

ジョージが小さな少年に向かって警告すると、少年はすばやく手を引っ込める。手を突っ込んでいた容器には、

食べられる闇の印――食べるとだれでも吐(は)き気がします！

というラベルが貼ってある。

ジョージがマグル手品商品の横のカーテンを引くと、そこには表より暗く、あまり

混んでいない売り場があって、商品棚には地味なパッケージが並んでいる。

「このまじめ路線は、最近開発したばかりなんだ」フレッドが言う。「奇妙な経緯だな……」

「まともな『盾の呪文』ひとつできないやつが、驚くほど多いんだ。魔法省で働いている連中もだぜ」ジョージが言う。「そりゃ、ハリー、君に教えてもらわなかった連中だけどね」

「そうだとも……まあ、『盾の帽子』はちょいと笑えると、おれたちはそう思ってた。こいつをかぶってから呪文をかけてみろって、だれかをけしかける。そしてその呪文が、かけたやつに撥ね返るときのそいつの顔を見るってわけさ。ところが魔法省は、補助職員全員のためにこいつを五百個も注文したんだぜ！　しかもまだ大量注文が入ってくる！」とフレッド。

「そこでおれたちは商品群を広げた。『盾のマント』、『盾の手袋』……」ジョージが受ける。

「……そりゃ、『許されざる呪文』に対してはあんまり役には立たないけど、小から中程度の呪いや呪詛に関しては……」フレッドだ。

「それからおれたちは考えた。『闇の魔術に対する防衛術』全般をやってみようとね。なにしろ金のなる木だ」

ジョージは熱心に話し続ける。

「こいつはいけるぜ。ほら、『インスタント煙幕』。ペルーから輸入してる。急いで逃げるときに便利なんだ」

「それに『おとり爆弾』なんか、棚に並べたとたん、足が生えたような売れ行きだ。ほら」

フレッドはへんてこりんな黒いラッパのような物を指さした。本当にこそこそ隠れようとしている。

「こいつをこっそり落とすと、逃げていって、見えないところで景気よく一発音を出してくれる。注意を逸らす必要があるときにいい」

「便利だ」ハリーは感心する。

「取っとけよ」ジョージが一、二個捕まえてハリーに放ってよこした。

短いブロンドの若い魔女がカーテンの向こうから首を出す。双子と同じ赤紫のユニフォームを着ている。

「ミスター・ウィーズリーとミスター・ウィーズリー、お客さまがジョーク鍋を探しています」

ハリーは、フレッドとジョージがミスター・ウィーズリーと呼ばれるのを聞いて、とても変な気がしたが、二人はごく自然に呼びかけに応じている。

「わかった、ベリティ。いま行く」

ジョージが即座に答える。

「ハリー、好きな物をなんでも持ってけ。いいか？　代金は無用」

「そんなことできないよ！」

ハリーはすでに「おとり爆弾」の支払いをしようと巾着(きんちゃく)を取り出していた。

「ここでは君は金を払わない」

ハリーが差し出した金を手を振って断りながら、フレッドがきっぱりと言う。

「でも――」

「君が、おれたちに起業資金を出してくれた。忘れちゃいない」

ジョージが断固として言い張る。

「好きな物をなんでも持っていってくれ。ただし、聞かれたら、どこで手に入れたかを忘れずに言ってくれよ」

ジョージは客の応対のため、カーテンの向こうにするりと消え、フレッドは店頭の売り場までハリーを案内してもどった。そこには、「特許・白昼夢呪文」にまだ夢中になっているハーマイオニーとジニーがいた。

「お嬢さん方、我らが特製『ワンダーウィッチ』製品をご覧になったかな？」フレッドが聞く。「レディーズ、こちらへどうぞ……」

窓のそばに思いっ切りピンク色の商品が並べてあり、その前に興奮した様子の女の子の群れが興味津々でくすくす笑って屯(たむろ)している。ハーマイオニーもジニーも、少し恐れをなして尻込みする。

「さあ、どうぞ」

フレッドが誇らしげに言う。

「どこにもない最高級『惚(ほ)れ薬』」

「効くの?」ジニーが疑わしげに片方の眉(まゆ)を吊り上げた。

「もちろん、効くさ。一回で最大二十四時間。問題の男子の体重にもよる――」

「――それに女子の魅力度にもよる」

突然、ジョージがそばに姿を現した。

「しかし、われらの妹には売らないのである」

ジョージが急に厳しい口調でつけ加える。

「すでに約五人の男子が夢中であると聞き及んでいるからには――」

「ロンからなにを聞いたか知らないけど、大嘘よ」

手を伸ばして棚から小さなピンクの壷(つぼ)を取りながら、ジニーが冷静に言う。

「これはなに?」

「『十秒で取れる保証つきニキビ取り』」フレッドが説明する。「おできから黒ニキビまでよく効く。しかし、話を逸らすな。いまはディーン・トーマスという男子とデート中かいなか？」

「そうよ」

ジニーが悪びれもせず言い切る。

「それに、この間見たときは、あの人、たしかに一人だった。五人じゃなかったわよ。こっちはなんなの？」

ジニーは、キーキーかん高い音を出しながら籠の底を転がっている、ふわふわしたピンクや紫の毛玉の群れを指さす。

「ピグミーパフ」ジョージが言う。「ミニチュアのパフスケインだ。いくら繁殖させても追いつかないぐらいだよ。それじゃ、マイケル・コーナーは？」

「捨てたわ。負けっぷりが悪いんだもの」

ジニーは籠の桟から指を一本入れ、ピグミーパフがそこにわいわい集まってくる様子を見つめている。

「かーわいいいっ！」

「連中は抱きしめたいほどかわいい。うん」

フレッドがパフのほうは認める。

「しかし、ボーイフレンドを渡り歩く速度が速すぎやしないか？」

ジニーは腰に両手を当ててフレッドを見る。ウィーズリーおばさんそっくりの睨みがきいたその顔に、フレッドがよくも怯まないものだと、ハリーは感心する。

「よけいなお世話よ。それに、あなたにお願いしておきますけど——」

ジニーの怒りは、商品をどっさり抱えてジョージのすぐそばに現れたロンに向かった。

「この二人に、わたしのことで、余計なおしゃべりをしてくださいませんように！」

「全部で三ガリオン九シックル一クヌートだ」

ロンが両腕に抱え込んでいる箱を調べて、フレッドがしらっと言い放つ。

「出せ」

「僕、弟だぞ！」

「そして、君がちょろまかしているのは兄の商品だ。三ガリオン九シックル。びた一クヌートたりとも負けられないところだが、一クヌート負けてやる」

「だけど三ガリオン九シックルなんて持ってない！」

「それなら全部もどすんだな。棚をまちがえずにもどせよ」

ロンは箱をいくつか落とし、フレッドに向かって悪態をつきながら下品な手まねを突きつける。運悪く、その瞬間を狙ったかのように現れたウィーズリー夫人にその姿を見られた。

「今度そんなまねをしたら、指がくっつく呪いをかけますよ」

ウィーズリーおばさんが声を荒らげる。

「ママ、ピグミーパフが欲しいわ」間髪を入れずジニーが言った。

「なにをですって？」おばさんが用心深く聞いた。

「見て、かわいいんだから……」

ウィーズリーおばさんは、ピグミーパフを見ようと脇に寄る。その一瞬、ハリー、ロン、ハーマイオニーはまっすぐに窓の外を見ることができ、ドラコ・マルフォイが一人で通りを急いでいるのが見えた。ウィーズリー・ウィザード・ウィーズ店を通り過ぎながら、マルフォイはちらりと後ろを振り返る。一瞬の後、その姿は窓枠の外に出てしまい、三人にはマルフォイの姿が見えなくなった。

「あいつのお母上はどこへ行ったんだろう？」ハリーは眉をひそめる。

「どうやら撒いたらしいな」ロンが答える。

「でも、どうして？」ハーマイオニーが聞く。

ハリーは考えるのに必死で、なにも言わなかった。ナルシッサ・マルフォイは、大事な息子からそう簡単に目を離したりするはずがない。母親の固いガードから脱出するためには、マルフォイは相当がんばらなければならなかったはずだ。ハリーの大嫌いなあのマルフォイのこと、無邪気な理由で脱走したのでないことだけは確かだ。

ハリーはさっと周囲を見る。ウィーズリーおばさんとジニーはピグミーパフを覗き込み、ウィーズリーおじさんはインチキができる印のついたマグルのトランプを一組、うれしそうにいじっている。フレッドとジョージは二人とも客の接待だ。窓の向こうにはハグリッドがこちらに背を向けて、通りを端から端まで見渡しながら立っている。

「ここに入って、早く」

ハリーはバックパックから「透明マント」を引っぱり出した。

「あ――私、どうしようかしら、ハリー」

ハーマイオニーは心配そうにウィーズリーおばさんを見る。

「こいよ！　さあ！」ロンが呼ぶ。

ハーマイオニーはもう一瞬躊躇（ちゅうちょ）した後、ハリーとロンに従ってマントに潜り込む。

フレッド・ジョージ商品にみなが夢中で、三人が消えたことにはだれも気づかない。

ハリー、ロン、ハーマイオニーは、できるだけ急いで混み合った店内をすり抜け、外に出る。しかし、通りに出たときにはすでに、三人が姿を消したと同じくらい見事に、マルフォイの姿も消えていた。

「こっちの方向に行った」

ハリーは、鼻歌を歌っているハグリッドに聞こえないよう、できるだけ低い声で指示をする。

「行こう」

三人は左右に目を走らせながら、急ぎ足で店のショーウィンドウやドアの前を通り過ぎる。やがてハーマイオニーが行く手を指さした。

「あれ、そうじゃない？」ハーマイオニーが小声で言う。「左に曲がった人」

「おっ、びっくりだなぁ」ロンも小声で受ける。

マルフォイが、あたりを見回してからすっと入り込んだ先が、「夜の闇横丁（ノクターン）」だったからだ。

「早く。見失っちゃうよ」ハリーが足を速める。

「足が見えちゃうわ！」

マントが足首あたりでひらひらしていたので、ハーマイオニーが心配した。近ごろでは、三人そろってマントに隠れるのはかなり難しくなっている。

「かまわないから」

ハリーがいらいらしながら急（せ）き立てる。

「とにかく急いで！」

しかし、闇の魔術専門の「夜の闇横丁」は、まったく人気がないように見える。通りがかりに窓から覗いても、どの店にも客の影はまったく見えない。危険で疑心暗鬼のこんな時期に、闇の魔術に関する物を買うのは――少なくとも買うのを見られるのは――自ら正体を明かすようなものなのだろうと、ハリーは思った。

ハーマイオニーがハリーの肘を強くつねる。

「痛っ！」

「しーっ！　あそこにいるわ」ハーマイオニーがハリーに耳打ちする。

三人はちょうど、「夜の闇横丁」でハリーがきたことのあるただ一軒の店の前にいた。ボージン・アンド・バークス、邪悪な物を手広く扱っている店だ。髑髏や古い瓶類のショーケースの間に、こちらに背を向けてドラコ・マルフォイが立っている。ハリーがマルフォイ父子を避けて隠れた、あの黒い大きなキャビネット棚の向こう側に、ようやく見える程度の姿だ。マルフォイの手の動きから察すると、さかんに話をしているらしい。猫背で脂っこい髪の店主、ボージン氏がマルフォイと向き合っている。憤りと恐れの入り交じった、奇妙な表情をしている。

「あの人たちの言ってることが聞こえればいいのに！」ハーマイオニーが言う。

「聞こえるさ！」ロンが興奮している。「待ってて――こんにゃろ――」

まだ箱をいくつか抱え込んだままだったロンは、一番大きな箱をいじり回しているうちに、ほかの箱をいくつか落とした。

「『伸び耳』だ。どうだ！」

「すごいわ！」ハーマイオニーが声を上げる。

ロンは薄だいだい色の長い紐を取り出し、ドアの下に差し込もうとしている。

「ああ、ドアに『邪魔よけ呪文』がかかってないといいけど――」

「かかってない！」ロンが大喜びで答える。「聞けよ！」

三人は頭を寄せ合って、紐の端にじっと耳を傾ける。まるでラジオをつけたように
はっきりと大きな音で、マルフォイの声が聞こえた。

「……なおし方を知っているのか？」

「かもしれません」

ボージンの声には、あまりかかわりたくない雰囲気が漂う。

「拝見いたしませんとなんとも。店のほうにお持ちいただけませんか？」

「できない」

マルフォイが言下に否定する。

「動かすわけにはいかない。どうやるのかを教えて欲しいだけだ」

ボージンが神経質に唇をなめるのが、ハリーの目に入る。

「さあ、拝見しませんと、なにしろ大変難しい仕事でして、もしかしたら不可能か
と。なにもお約束はできない次第で」

「そうかな？」マルフォイが言う。

その言い方だけで、ハリーにはマルフォイがせせら笑っているのがわかる。

「もしかしたら、これで、もう少し自信が持てるようになるだろう」

マルフォイがボージンに近寄ったので、キャビネット棚に隠されて姿が見えなくなった。ハリー、ロン、ハーマイオニーは蟹歩きして横に移動しマルフォイの姿をとらえようとしたが、見えたのはボージンの恐怖の表情だけだった。

「だれかに話してみろ」マルフォイが脅すように言う。「痛い目にあうぞ。フェンリール・グレイバックを知っているな？　僕の家族と親しい。ときどきここに寄越して、おまえがこの問題に十分に取り組んでいるかどうかを確かめさせるぞ」

「そんな必要は――」

「それは僕が決める」

マルフォイは撥ねつける。

「さあ、もう行かなければ。それで、こっちを安全に保管するのを忘れるな。あれは、僕が必要になる」

「いまお持ちになってはいかがです？」

「そんなことはしないに決まっているだろう。ばかめが。そんなものを持って通りを歩いたら、どういう目で見られると思うんだ？　とにかく売るな」

「もちろんですとも……若様」

ボージンは、ハリーが以前に見た、ルシウス・マルフォイに対するのと同じくらい深々とお辞儀した。

「だれにも言うなよ、ボージン。母上も含めてだ。わかったか？」

「もちろんです。もちろんです」

ボージンはふたたびお辞儀しながら、ボソボソと言った。

次の瞬間、ドアの鈴が大きな音を立て、マルフォイが満足げに意気揚々と店から出てきた。ハリー、ロン、ハーマイオニーのすぐそばを通り過ぎたので、マントが膝のあたりでまたひらひらする。店の中で、ボージンは凍りついたように立っていた。ねっとりした笑いが消え、不安げな表情をしている。

「いったいなんのことだ？」

ロンが「伸び耳」を巻き取りながら小声で言う。

「さあ」ハリーは必死で考えた。

「なにかをなおしたがっていた……それに、なにかを店に取り置きしたがっていた……『こっちを』って言ったとき、なにを指さしてたか、見えたか？」

「いや、あいつ、キャビネット棚の陰になってたから――」

「二人ともここにいて」ハーマイオニーが小声で言う。

「なにをする気――？」

しかしハーマイオニーはもう、「マント」の下から出ていた。窓ガラスに姿を映して髪をなでつけ、ドアの鈴を鳴らし、ハーマイオニーはずんずん店に入っていく。ロンはあわてて「伸び耳」をドアの下から入れ、紐の片方をハリーに渡す。

「こんにちは。いやな天気ですね？」

ハーマイオニーは明るくボージンに挨拶する。ボージンは返事もせず、胡散くさそうにハーマイオニーを見ている。ハーマイオニーは楽しそうに鼻歌を歌いながら、飾ってある雑多な商品の間をゆっくり歩く。

「あのネックレス、売り物ですか？」

前面がガラスのショーケースのそばで立ち止まって、ハーマイオニーが聞いた。

「千五百ガリオン持っていればね」ボージンが冷たく答えた。

「ああ――んー――ううん。それほどは持ってないわ」ハーマイオニーは歩き続ける。

「それで……このきれいな……えぇと……髑髏は？」

「十六ガリオン」

「それじゃ、売り物なのね？　べつに……だれかのために取り置いているとかではないのね？」

ボージンは目を細めてハーマイオニーを見る。ハリーには、ずばりハーマイオニーの狙いがなんなのかがわかり、これはまずいぞと思った。ハーマイオニーも明らかに、見破られたと感じたらしく、いきなり慎重さをかなぐり捨てる。

「実は、あの――いまここにいた男の子、ドラコ・マルフォイだけど、あの、友達なんだけど、誕生日のプレゼントをあげたいの。でも、もうなにかを予約してるなら、当然、同じ物はあげたくないので、それで……あの……」

かなりへたな作り話だ。どうやら、ボージンも同じ感想を持ったようだ。

「失せろ」

ボージンが鋭く言い放った。

「出て失せろ！」

ハーマイオニーは二度目の失せろを待たずに、急いでドアに向かう。ボージンがすぐあとを追ってくる。鈴がまた鳴り、ボージンはハーマイオニーの背後でピシャリとドアを閉め、「閉店」の看板を出した。

「まあね――」

ロンがハーマイオニーに、ふたたびマントを着せかけながら言う。

「やってみる価値はあったけど、君、ちょっとばればれで――」

「あーら、なら、次はあなたにやってみせていただきたいわ。秘術名人さま！」

ハーマイオニーがきつく言い返した。

ロンとハーマイオニーは、ウィーズリー・ウィザード・ウィーズにもどるまでずっと口げんかを続けていたが、店の前までくると口論をやめざるをえなかった。三人がいないことにはっきり気づいたウィーズリーおばさんとハグリッドが、心配顔であたりをきょろきょろ見回していたからだ。ハリーたちは二人をかわして、気取られないように通り抜けなければならなかった。

いったん店に入ってから、ハリーはさっと「透明マント」を脱いで、バックパックに隠す。それから、ウィーズリーおばさんの詰問に必死に答えている二人と一緒になって、自分たちは店の奥にずっといた、おばさんがちゃんと探さなかったから見つけられなかっただけだ、と言い張った。

第7章　ナメクジ・クラブ

夏休み最後の一週間のほとんどを、ハリーは「夜の闇横丁（ノクターン）」でのマルフォイの行動の意味を考えて過ごした。店を出たときのマルフォイの満足げな表情が、どうにも気になる。マルフォイをあそこまで喜ばせることが、よい話であるはずがない。ところが、ロンもハーマイオニーも、どうやらハリーほどにはマルフォイの行動に関心を持っていないらしい。それがハリーを少しいらだたせる。少なくとも二人は、二、三日後にはその話に飽きてしまっていた。

「ええ、ハリー、あれは怪しいって、そう言ったじゃない」ハーマイオニーがいらつき気味に言う。

ハーマイオニーは、フレッドとジョージの部屋の出窓に腰掛け、両足を段ボールに載せて真新しい『上級ルーン文字翻訳法』を読んでいるところだったが、しぶしぶという感じで本から目を上げる。

「でも、いろいろ解釈のしようがあるって、そういう結論じゃなかった?」

「『輝きの手』を壊しちまったかもしれないし——」

ロンは箒の尾の曲がった小枝をまっすぐに伸ばしながら、上の空で口を出す。

「マルフォイが持ってたあの萎びた手のこと、憶えてるだろ?」

「だけど、あいつが言った『こっちを安全に保管するのを忘れるな』ってのはどうなんだ?」

ハリーは、この同じ質問を何度繰り返したかわからない。

「ボージンが、壊れた物と同じのをもう一つ持っていて、マルフォイは両方欲しがっている。僕にはそう聞こえた」

「そう思うか?」ロンは、今度は箒の柄の埃をかき落とそうとしている。

「ああ、そう思う」ハリーが答える。

ロンもハーマイオニーも反応しないので、ハリーは一人で話し続ける。

「マルフォイの父親はアズカバンだ。マルフォイが復讐したがってるとは思わないか?」

ロンが、目を瞬かせながら顔を上げた。

「マルフォイが? 復讐? なにができるって言うんだ?」

「そこなんだ。僕にはわからない!」

ハリーはじりじりする。

「でも、なにか企んでる。僕たち、それを真剣に考えるべきだと思う。あいつの父親は死喰い人だし、それに――」

ハリーは突然言葉を切って、口をあんぐり開け、ハーマイオニーの背後の窓を見つめる。驚くべき考えが閃いた。

「ハリー？」ハーマイオニーが心配そうに声をかける。「どうかした？」「傷痕がまた痛むんじゃないだろな？」ロンが不安そうに聞く。

「あいつが死喰い人だ」

ハリーがゆっくりと噛みしめるように言葉を出した。

「父親に代わって、あいつ自身が死喰い人なんだ！」

しーんとなった。そしてロンが、はじけるように笑い出す。

「マルフォイが？　十六歳だぜ、ハリー！『例のあの人』が、マルフォイなんかを入れると思うか？」

「とてもありえないことだわ、ハリー」

ハーマイオニーが抑えた口調でロンに倣う。

「どうしてそんなことが――？」

「マダム・マルキンの店。マダムがあいつの袖をまくろうとしたら、腕には触れなかったのに、あいつ、さけんで腕をぐいっと引っ込めた。左の腕だった。闇の印がつけられていたんだ」

ロンとハーマイオニーは顔を見合わせる。

「さあ……」ロンは、まったくそうは思えないという口調だ。

「ハリー、マルフォイは、あの店から出たかっただけだと思うわ」ハーマイオニーも素気ない。

「僕たちには見えなかったけど、あいつはボージンに、なにかを見せた」

ハリーは頑固に言い張る。

「ボージンがまともに怖がるなにかだ。『印』だったんだ。まちがいない――ボージンに、だれを相手にしているのかを見せつけたんだ。ボージンがどんなにあいつと真剣に接していたか、君たちも見たはずだ！」

ロンとハーマイオニーがまた顔を見合わせた。

「はっきりわからないわ、ハリー……」

「そうだよ。僕はやっぱり、『例のあの人』がマルフォイを入れるなんて思えないけどな……」

二人の反応にいらだちながらも、自分の考えは絶対まちがいないと確信して、ハリーは汚れたクィディッチのユニフォームをひと山ひっつかみ、部屋を出る。ウィーズリーおばさんがここ何日も、洗濯物や荷造りをぎりぎりまで延ばさないようにと、みなを急かしていた。階段の踊り場で、洗濯したての服を山ほど抱えて自分の部屋に帰る途中のジニーに出くわした。

「いま台所に行かないほうがいいわよ」ジニーが警告する。

「ヌラーがべっとりだから」

「滑らないように気をつけるよ」ハリーがほほえむ。

ハリーが台所に入ると、まさにそのとおり、フラーがテーブルのそばに腰掛け、ビルとの結婚式の計画を止めどなくしゃべっていた。ウィーズリーおばさんは、勝手に皮がむけるメキャベツの山を、不機嫌な顔で監視している。

「……ビルとわたし、あな嫁の付き添いをふーたりだけにしようと、ほとんど決めましたね。ジニーとガブリエール、一緒にとーてもかわいーいと思いまーす。わたし、ふーたりに、淡いゴールドの衣装着せよーうと考えていますね――もちろんピーンクは、ジニーの髪と合わなくて、いどいでーす――」

「ああ、ハリー！」

ウィーズリーおばさんがフラーの一人舞台を遮り、大声で呼びかける。

「よかった。明日のホグワーツ行きの安全対策について、説明しておきたかったの。魔法省の車がまたきます。駅には闇祓いたちが待っているはず――」

「トンクスは駅にきますか?」

ハリーは、クィディッチの洗濯物を渡しながら聞く。

「いいえ、こないと思いますよ。アーサーの口ぶりでは、どこかほかに配置されているようね」

「あのいと、このごろぜーんぜん身なりをかまいません。あのトンクス」

フラーはスプーンの裏に映るハッとするほど美しい自分の姿を確かめながら、想いにふけるように言う。

「大きなまちがいでーす。わたしの考えでは――」

「ええ、それはどうも」

ウィーズリーおばさんがまたしてもフラーをぴしゃりと制す。

「ハリー、もう行きなさい。できれば今晩中にトランクを準備して欲しいわ。いつもみたいに出がけにあわてることのないようにね」

そして次の朝は、事実、いつもより出発の流れがよかった。魔法省の車が「隠れ穴」の前に滑るように入ってきたときには、みなすでにそこに待機していた。トランクは詰め終わり、ハーマイオニーの猫、クルックシャンクスは旅行用のバスケットに安全に閉じ込められ、ヘドウィグとロンのふくろうのピッグウィジョン、それにジニーの新しい紫のピグミーパフ、アーノルドはそれぞれ籠に収まっていた。

「オールヴォワ（さようなら）、ハリー」

フラーがお別れのキスをしながら、ハスキーな声で言う。ロンは期待顔で進み出たが、ジニーの突き出した足に引っかかって転倒し、フラーの足下の地べたにぶざまに大の字となった。かんかんに怒って真っ赤な顔に泥をくっつけたまま、ロンはさよならも言わずにさっさと車に乗り込んだ。

キングズ・クロス駅で待っていたのは、陽気なハグリッドではなかった。マグルの黒いスーツを着込んだ厳（いか）めしいひげ面の闇祓（やみばら）いが二人、車が停車するなり進み出て一行を挟み、一言も口をきかずに駅の中まで行軍させた。

「早く、早く。柵の向こうに」

粛々（しゅくしゅく）とした効率のよさにちょっと面食らいながらも、ウィーズリーおばさんがみなを急がせる。

「ハリーが最初に行ったほうがいいわ。だれと一緒に――？」

おばさんは問いかけるように闇祓いの一人を見る。その闇祓いは軽くうなずき、ハリーの腕をがっちりつかんで、九番線と十番線の間にある柵に誘おうとする。

「自分で歩けるよ。せっかくだけど」

ハリーはいらだちをあらわにしながらつかまれた腕をぐいと振り解き、黙（だんま）りの連れを無視してカートを硬い柵に真っ向から突っ込ませる。次の瞬間、ハリーは九と四分の三番線に立っていた。そこには紅のホグワーツ特急が、人込みの上に白い煙を吐きながら停車している。

すぐあとから、ハーマイオニーとウィーズリー一家がやってくる。強面の闇祓いに相談もせず、ハリーはロンとハーマイオニーに向かって、空いているコンパートメントを探すのにプラットホームを歩くから、一緒にこいよと合図した。

「だめなのよ、ハリー」

ハーマイオニーが申しわけなさそうに言う。

「ロンも私も、まず監督生の車両に行って、それから少し通路のパトロールをしないといけないの」

「ああ、そうか。忘れてた」ハリーが応じた。

「みんな、すぐに汽車に乗ったほうがいいわ。あと数分しかない」

ウィーズリーおばさんが腕時計を見ながら言う。

「じゃあ、ロン、楽しい学期をね……」

「ウィーズリーおじさん、ちょっとお話していいですか？」

とっさにハリーは心を決めた。

「いいとも」

おじさんはちょっと驚いたような顔をしながらも、ハリーのあとに従って、みなに声の聞こえないところまで移動する。

ハリーは慎重に考え抜いて、だれかに話すのであれば、ウィーズリーおじさん以外にはいないという結論に達していた。第一に、おじさんは魔法省で働いているので、さらに調査をするには最も好都合な立場にあること。第二に、ウィーズリーおじさんなら話を聞いても怒って爆発する危険性はあまりない、と考えたからだ。

ハリーたちがその場を離れるとき、ウィーズリーおばさんとあの強面の闇祓いが、疑わしげに二人を見ていることに、ハリーは気づいていた。

「僕たちが『ダイアゴン横丁』に行ったとき――」

ハリーが話しはじめると、おじさんは顔をしかめて機先を制した。

「フレッドとジョージの店の奥にいたはずの君とロン、ハーマイオニーが、実はその間どこに消えていたのか、それを聞かされるということかね？」

「どうしてそれを――？」

「ハリー、なにを言ってるんだね。この私は、あのフレッドとジョージを育ててきたんだよ」

「あー……うん、そうですね。僕たち奥の部屋にはいませんでした」

「結構だ。それじゃ、最悪の部分を聞こうか」

「あの、僕たち、ドラコ・マルフォイを追っていたんです。僕の『透明マント』を使って」

「なにか特別な理由があったのかね？　それとも単なる気まぐれでかい？」

「マルフォイがなにか企んでいると思ったからです」

おじさんの、呆れながらもそれ以上におもしろがっている顔を無視して、ハリーは話を続ける。

「あいつは母親をうまく撒いたんです。僕、そのわけが知りたかった」

「そりゃ、そうだ」

おじさんは、しかたのないことだという言い方をする。

「それで？　なぜだかわかったのかね？」

「あいつはボージン・アンド・バークスの店に入りました」

ハリーは、ここからが本題だというように熱を込める。

「そしてあそこのボージンっていう店主を脅しはじめ、なにかを修理する手助けをさせようとしてました。それから、もう一つ別な物をマルフォイのために保管しておくようにと、ボージンに言ったんです。修理が必要な物と同じ種類の物のような言い方でした。二つで一組のような。それから……」

ハリーは深く息を吸い込む。

「もう一つ、別のことですが、マダム・マルキンがあいつの左腕に触ろうとしたとき、マルフォイがものすごく飛び上がるのを、僕たち見たんです。僕は、あいつが闇の印を刻印されていると思うんです。父親の代わりに、あいつが死喰い人になったんだと思うんです」

ウィーズリー氏はぎょっとしたようだったが、少し間を置いて、諭すような口調で聞いてきた。

「ハリー、『例のあの人』が十六歳の子を受け入れるとは思えないが――」

「『例のあの人』がなにをするかなんて、本当にわかる人がいるんですか？」

ハリーが声を荒らげた。

「ごめんなさい、ウィーズリーおじさん。でも、調べてみる価値はありませんか？マルフォイがなにかを修理したがっていて、そのためにボージンを脅す必要があるのなら、たぶんそのなにかは、闇の物とか、そうじゃなくてもなにか危険な物なのではないでしょうか？」

「正直言って、ハリー、そうではないように思うよ」

おじさんがゆっくりと言葉を繰り出す。

「いいかい、ルシウス・マルフォイが逮捕されたとき、我々は館を強制捜査した。危険だと思われる物は、我々がすべて持ち帰った」

「なにか見落としたんだと思います」ハリーは頑なに言い張る。

「ああ、そうかもしれない」

言葉とは裏腹に、ハリーは、おじさんが調子を合わせているだけだと感じた。

二人の背後で汽笛が鳴った。ほとんど全員、汽車に乗り込み、ドアが閉まりかけている。

「急いだほうがいい」おじさんが促し、おばさんの声が聞こえた。

「ハリー、早く！」

ハリーは急いで乗り込み、おじさんとおばさんがトランクを列車に乗せるのを手伝った。

「さあ、クリスマスにはくるんですよ。ダンブルドアとすっかり段取りしてありますからね。すぐに会えますよ」

ハリーがデッキのドアを閉め、列車が動き出すと、おばさんが窓越しに言う。

「体に気をつけるのよ。それから――」

汽車が速度を増す。

「――いい子にするのよ。それから――」

おばさんは汽車に合わせて走っていた。

「――危ないことはしないのよ！」

汽車が角を曲がり、おじさんとおばさんが見えなくなるまでハリーは手を振った。そのあとで、みながどこにいるか探しにかかった。ロンとハーマイオニーは監督生車両に閉じ込められているだろうと思ったが、ジニーが少し離れた通路で友達としゃべっている。ハリーはトランクを引きずってジニーのほうに移動した。

ハリーが近づくと、みなが臆面もなくじろじろ見る。ハリーを見ようと、コンパートメントのガラスに顔を押しつける者さえいる。「日刊予言者新聞」で「選ばれし者」の噂をさんざん書かれてしまったからには、今学期は「じーっ」やら「じろじろ」やらが増えるのに耐えなければならないだろうと予測はしていたが、まぶしいスポットライトの中に立つ感覚が楽しいとは思わない。ハリーはジニーの肩をたたいた。

「コンパートメントを探しにいかないか？」

「だめ、ハリー。ディーンと落ち合う約束してるの」

ジニーは明るくそう答える。

「またあとでね」

「うん」

ハリーは、ジニーが長い赤毛を背中に揺らして立ち去るのを見ながら、ズキンと奇妙に心が波立つのを感じた。夏の間、ジニーがそばにいることに慣れてしまい、学校ではジニーが、自分やロンや、ハーマイオニーといつも一緒にいるわけではないことを忘れていた。ハリーは瞬きをしてあたりを見回す。すると、うっとりしたまなざしの女の子たちにまわりを囲まれている。

「やあ、ハリー」

背後から聞き覚えのある声がした。

「ネビル！」

ハリーはほっとした。振り返ると、いつもの丸顔の男子が、ハリーに近づこうともがいている。

「こんにちは、ハリー」

ネビルのすぐ後ろで、大きい朧（おぼろ）な目をした長い髪の女の子が挨拶する。

「やあ、ルーナ。元気？」

「元気だよ。ありがとう」

ルーナは胸に雑誌を抱きしめている。表紙に大きな字で、「めらめらメガネ」の付録つきと書いてある。

「それじゃ、『ザ・クィブラー』はまだ売れてるの？」

先学期、自分が独占インタビューを受けたこの雑誌に、ハリーはなんだか親しみを覚えていた。

「うん、そうだよ。発行部数がぐんと上がった」ルーナがうれしそうに言う。

「席を探そう」

ハリーが促して、三人は無言で見つめる生徒たちの群れの中を歩きはじめる。やっと空いているコンパートメントを見つけ、ハリーはありがたいとばかり急いで中に入った。

「みんな、僕たちのことまで見つめてる」

ネビルが、自分とルーナとを指さす。

「僕たちが、君と一緒にいるから！」

「みんなが君たちを見つめてるのは、君たちも魔法省にいたからだ」

トランクを荷物棚に上げながら、ハリーがただす。

「あそこでの僕たちのちょっとした冒険が、『日刊予言者新聞』に書きまくられていたよ。君たちも見たはずだ」

「うん、あんなに書き立てられて、ばあちゃんが怒るだろうと思ったんだ」

ネビルがうれしそうに受ける。

「ところが、ばあちゃんたら、とっても喜んでた。僕がやっと父さんに恥じない魔法使いになりはじめたって言うんだ。新しい杖を買ってくれたんだよ。見て！」

ネビルは杖を取り出して、ハリーに見せる。

「桜とユニコーンの毛」

ネビルは得意げだ。

「オリバンダーが売った最後の一本だと思う。次の日にいなくなったんだもの――おい、こっちにおいで、トレバー！」

ネビルは、またしても自由への逃走を企てたヒキガエルを捕まえようと、座席の下に潜り込んだ。

「ハリー、今学年もまだＤＡの会合をするの？」

ルーナは「ザ・クィブラー」の真ん中からサイケなメガネを取り外しながら聞いてくる。

「もうアンブリッジを追い出したんだから、意味ないだろう？」

そう言いながら、ハリーは腰を掛けた。

ネビルは、座席の下からあわてて顔を突き出す拍子に座席に頭をぶつけた。現れた顔には、とても失望した表情が浮かんでいる。

「僕、ＤＡが好きだった！　君からたくさん習った！」

「あたしもあの会合が楽しかったよ」

ルーナがけろりとして言う。

「友達ができたみたいだった」

ルーナはときどきこういう言い方をして、ハリーをぎくりとさせる。ハリーは、哀れみと当惑が入り交じって、のたうつような気持ちになる。しかし、ハリーがなにも言わないうちに、コンパートメントの外が騒がしくなった。四年生の女子たちがドアの外に集まって、ひそひそ、くすくすやっている。

「あなたが聞きなさいよ！」

「いやよ、あなたよ！」

「わたしがやるわ！」

そして、大きな黒い目に長い黒髪の、えらが張った大胆そうな顔立ちの女の子が、ドアを開けて入ってきた。

「こんにちは、ハリー。わたし、ロミルダ。ロミルダ・ベインよ」

女の子が大きな声で自信たっぷりに自己紹介する。

「わたしたちのコンパートメントにこない？　この人たちと一緒にいることなんかないわ」

ネビルとルーナを指さしながら、女の子が最後の言葉を聞こえよがしのささやき声で言い足した。指されたネビルは、座席の下から尻を突き出してトレバーを手探りしていたし、ルーナは付録の「めらめらメガネ」をかけて、多彩色の呆けたふくろうのような顔をしている。

「この人たちは僕の友達だ」ハリーは冷たく言い放つ。

「あら」女の子は驚いたような顔をした。「そう。オッケー」

女の子は、ドアを閉めて出ていった。

「みんなはあんたに、あたしたちなんかよりもっとかっこいい友達を期待するんだよ」

ルーナはまたしても、率直さで人を面食らわせる腕前を発揮する。

「君たちはかっこいいよ」

ハリーは言葉少なに断言した。

「あの子たちのだれも魔法省にはいなかった。だれも僕と一緒に戦わなかった」

「いいこと言ってくれるわ」

ルーナはにっこりして、鼻の「めらめらメガネ」を押し上げ、腰を落ち着けて「ザ・クィブラー」を読みはじめた。

「だけど、僕たちは、〝あの人〟には立ち向かってない」

ネビルが、髪に綿ゴミや埃(ほこり)をくっつけ、あきらめ顔のトレバーをにぎって、座席の下から出てきた。

「そう、君が立ち向かった。ばあちゃんが君のことをなんて言ってるか、聞かせたいな。『あのハリー・ポッターは、魔法省全部を束にしたより根性があります！』。ばあちゃんは君を孫に持てたら、ほかにはなんにもいらないだろうな……」

ハリーは、気まずい思いをしながら笑い、急いで話題をふくろうテストの結果に変える。ネビルが自分の点数を数え上げ、「変身術」が「可・A」しか取れなかったからN・E・W・T（いもり）レベルの「変身術」を履修させてもらえるかどうかが心配だと語る様子を、ハリーは話を聞いているふりをしながら見つめていた。

ヴォルデモートは、ネビルの幼年時代にも、ハリーの場合と同じくらい暗い影を落としている。しかし、ハリーの持つ運命がもう少しでネビルのものになるところだったということを、ネビルはまったく知らない。予言は二人のどちらにも当てはまるものだった。それなのにヴォルデモートは、なぜなのか計り知れない理由でハリーこそ予言が示唆する者だと考えた。

ヴォルデモートがネビルを選んでいれば、いまハリーの向かい側に座っているネビルが、稲妻形の傷と予言の重みを持つ者になっていただろうに……いや、そうだろうか？　ネビルの母親は、リリーがハリーのために死んだように、ネビルを救うために死んだだろうか？　きっとそうしただろう……でもネビルの母親が、息子とヴォルデモートとの間に割って入ることができなかったとしたら？　その場合には「選ばれし者」は存在さえしなかったのではないだろうか？　そうなっていれば、ネビルがいま座っている席は空っぽで、傷痕（きずあと）のないハリーが自分の母親にさよならのキスをしていたのではないだろうか？　ロンの母親にではなく……。

「ハリー、大丈夫？　なんだか変だよ」ネビルが言った。

ハリーははっとした。

「ごめん――僕――」

「ラックスパートにやられた？」

ルーナが巨大な極彩色のメガネの奥から、気の毒そうにハリーを覗き見る。

「僕――えっ？」

「ラックスパート……目に見えないんだ。耳にふわふわ入っていって、頭をボーっとさせるやつ」ルーナが言う。

「このへんを一匹飛んでるような気がしたんだ」

ルーナは見えない巨大な蛾をたたき落とすかのように、両手でパシッパシッと空をたたく。ハリーとネビルは顔を見合わせ、あわててクィディッチの話を始めた。

車窓から見る外の天気は、この夏ずっとそうだったように、まだら模様だ。汽車は、ひんやりとする霧の中を通ったかと思えば、次は明るい陽の光が淡く射している下を走る。太陽がほとんど真上に見え、何度目かの、束の間の光が射し込んできたとき、ロンとハーマイオニーがようやくコンパートメントにやってきた。

「ランチのカート、早くきてくれないかなあ。腹ペコだ」

ハリーの隣の席にドサリと座ったロンが、胃袋のあたりをさすりながら待ち遠しそうに言う。

「やあ、ネビル、ルーナ。ところでさ」ロンはハリーに向かって言う。

「マルフォイが監督生の仕事をしていないんだ。ほかのスリザリン生と一緒に、コンパートメントに座ってるだけ。通り過ぎるときにあいつが見えた」

ハリーは気を引かれて座りなおした。先学年はずっと、監督生としての権力を嬉々として濫用していたというのに、力を見せつけるチャンスを逃すなんてマルフォイらしくもない。

「君が見たとき、あいつなにをした？」

「いつものとおりのこれさ」

ロンは事もなげにそう言って、下品な手の格好をやって見せる。

「だけど、あいつらしくないよな？　まあ――こっちのほうは、あいつらしいって言えばあいつらしいけど――」

ロンはもう一度同じ手まねしてみせた。

「でも、なんで一年生をいじめにこないんだ？」

「さあ」

ハリーはそう言いながら、忙しく考えをめぐらした。いまのマルフォイには、下級生いじめより大切なことがある、とは考えられないだろうか？

「たぶん、『尋問官親衛隊』のほうがお気に召してたのよ」

ハーマイオニーがわけ知り顔に口を挟む。

「監督生なんて、それに比べるとちょっと迫力に欠けるように思えるんじゃないかしら」

「そうじゃないと思う」

ハリーが言う。

「たぶん、あいつは――」

持論を述べないうちに、コンパートメントのドアがまた開いて、三年生の女子が息を切らしながら入ってきた。

「わたし、これを届けるように言われてきました。ネビル・ロングボトムとハリー・ポ、ポッターに」

ハリーと目が合うと、女の子は真っ赤になって言葉をつっかえながら、紫のリボンで結ばれた羊皮紙の巻紙を二本差し出した。ハリーもネビルもわけがわからないながらも、それぞれに宛てられた巻紙を受け取る。女の子は転ぶようにコンパートメントを出ていった。

「なんだい、それ？」

ハリーが巻紙を解いていると、ロンが聞いた。

「招待状だ」ハリーが答える。

ハリー
コンパートメントCでのランチに参加してもらえれば大変うれしい。
敬具
H・E・F　スラグホーン教授

「スラグホーン教授って、だれ？」

ネビルは、自分宛の招待状に当惑している様子だ。

「新しい先生だよ」ハリーが言う。「うーん、たぶん、行かなきゃならないんだろうな？」

「だけど、どうして僕にきて欲しいの？」

ネビルは、まるで罰則（ばっそく）が待ち構えているかのように恐る恐る聞く。

「わからないな」

ハリーはそう言ったが、実は、まったくわからないわけではない。ただ、直感が正しいかどうかの証拠もなにもない。

「そうだ」

ハリーは急に閃（ひらめ）いた。

「『透明マント』を着ていこう。そうすれば、途中でマルフォイをよく見ることができるし、なにを企んでいるかわかるかもしれない」

アイデアはよかったが、実現せずじまいになる。通路はランチ・カートを待つ生徒で一杯で、「マント」をかぶったまま通り抜けるのは不可能だった。じろじろ見られるのを避けるためだけにでも使えたらよかったのに、と残念に思いながら、ハリーは「マント」を鞄にもどす。視線は、さらに強烈になっているようだ。ハリーをよく見ようと、生徒たちがあちこちのコンパートメントから飛び出してくる。

例外はチョウ・チャンで、ハリーを見るとコンパートメントに駆け込んでしまった。ハリーが前を通り過ぎるとき、わざとらしく友達のマリエッタと話し込んでいる姿が見えた。マリエッタは厚化粧をしていたが、顔を横切る奇妙なニキビの配列は、完全に隠し切れてはいない。ハリーはちょっとほくそ笑んで、先へと進んだ。

コンパートメントCに着くとすぐ、スラグホーンに招待されたのはハリーたちだけではないことがわかったが、スラグホーンの熱烈歓迎ぶりから見て、ハリーが一番待ち望まれていたらしい。

「ハリー、よくきた！」

ハリーを見て、スラグホーンがすぐに立ち上がる。ビロードで覆われた腹が、コンパートメントの空間をすべて埋め尽くしているように見える。てかてかの禿げ頭と巨大な銀色の口ひげが、陽の光を受けてチョッキの金ボタンと同じくらいまぶしく輝いている。

「よくきた、よくきてくれた！　それで、君はミスター・ロングボトムだろうね！」

ネビルが恐る恐るうなずく。スラグホーンに促されて、二人はドアに一番近い、二つだけ空いている席に向かい合って座る。ハリーはほかの招待客を、ちらりと見回した。同学年の顔見知りのスリザリン生が一人いる。頬骨が張り、細長い目が吊り上がった、背の高い黒人の男子生徒だ。そのほか、ハリーの知らない七年生が二人、それと、隅の席にスラグホーンの隣で押しつぶされながら、どうしてここにいるのかさっぱりわからないという顔をしているのは、ジニーだ。

「さぁて、みなを知っているかな？」

スラグホーンがハリーとネビルに聞いた。

「ブレーズ・ザビニは、もちろん君たちの学年だな――」

ザビニは顔見知りの様子も見せず、挨拶もしなかったが、ハリーとネビルも同様だった。グリフィンドールとスリザリンの学生は、基本的に憎しみ合っている。

「こちらはコーマック・マクラーゲン。お互いに出会ったことぐらいはあるんじゃないかね——？　ん？」

大柄でばりばりの髪の青年は片手を挙げ、ハリーとネビルはうなずいて挨拶する。

「——そしてこちらはマーカス・ベルビィ。知り合いかどうかは——？」

やせて神経質そうなベルビィが、むりやりほほえむ。

「——そしてこちらのチャーミングなお嬢さんは、君たちを知っているとおっしゃる！」

スラグホーンが紹介を終えた。

ジニーがスラグホーンの後ろで、ハリーとネビルにしかめ面をしてみせる。

「さてさて、楽しいかぎりですな」

スラグホーンがくつろいだ様子で言う。

「みなと多少知り合えるいい機会だ。さあ、ナプキンを取ってくれ。わたしは自分でランチを準備してきたのだよ。記憶によれば、ランチ・カートは杖形甘草飴がどっさりで、年寄りの消化器官にはちときつい……ベルビィ、雉肉はどうかな？」

ベルビィはぎくりとしながら、冷たい雉肉の半身のような物を受け取る。

「こちらのマーカス君に、いま話していたところなんだが、わたしはマーカスのおじさんのダモクレスを教えさせてもらってね」

今度はロールパンのバスケットをみなに差し出しながら、スラグホーンがハリーとネビルに向かって説明する。

「優秀な魔法使いだった。実に優秀な。当然のマーリン勲章を受けてね。おじさんにはしょっちゅう会うのかね？　マーカス？」

運の悪いことにベルビィは、いましがた雉肉の塊を口一杯に頬張ったところだ。返事をしようと焦って、ベルビィはあわててそれを飲み込み、顔を紫色にして咽せはじめる。

「アナプニオ！　気の道開け！」

スラグホーンは杖をベルビィに向け、落ち着いて唱える。ベルビィの気道はどうやらたちまち開通したようだ。

「あまり……あまり頻繁には。はい」ベルビィは涙を滲ませ、ゼイゼイと答える。

「まあ、もちろん、彼は忙しいだろうと拝察するが」

スラグホーンはベルビィを探るような目で見た。

「『トリカブト薬』を発明するのに、おじさんは相当大変なお仕事をなさったにちがいない！」

「そうだと思います……」

ベルビィは、スラグホーンの質問が終わったとわかるまでは、怖くてもう一度雉肉を頬張る気にはなれないようだ。

「えー……おじと僕の父は、あの、あまりうまくいっていなくて、だから僕は、あまり知らなくて……」

冷ややかにほほえむスラグホーンを前に、ベルビィの声は徐々にか細くなる。

スラグホーンは次にマクラーゲンに話しかける。

「さて、コーマック、君のことだが」スラグホーンが話しはじめる。「君がおじさんのチベリウスとよく会っているのを、わたしはたまたま知っているんだがね。なにしろ、彼は、君とノグテイル狩に行ったときのすばらしい写真をお持ちだ。ノーフォーク州、だったかな?」

「ああ、ええ、楽しかったです。あれは」マクラーゲンが答える。「バーティ・ヒッグズやルーファス・スクリムジョールと一緒でした――もちろん、あの人が大臣になる前ですけれど――」

「ああ、バーティやルーファスも知っておるのかね?」

スラグホーンがにっこりして、今度は小さな盆に載ったパイを勧めはじめたが、なぜかベルビィは抜かされた。

「さあ、話してくれないか……」

ハリーの思ったとおりだ。ここに招かれた客は、だれか有名人か有力者とつながりがあるーージニーを除いて、全員がそうだ。

マクラーゲンの次に尋問されたザビニは、有名な美人の魔女を母に持っているらしい（母親は七回結婚し、どの夫もそれぞれ推理小説のような死に方をして、妻に金貨の山を残したという話を、ハリーはなんとか理解できた）。

次がネビルの番だった。どうにも居心地のよくない十分間だった。なにしろ、有名な闇祓いだったネビルの両親は、ベラトリックス・レストレンジとほかの二人の死喰い人に、正気を失うまで拷問されたのだ。ネビルを面接した結果、ハリーの印象では、両親のなんらかの才能を受け継いでいるかどうかについて、スラグホーンは結論を保留したようだ。

「さあ、今度は」

スラグホーンは、一番人気の出し物を紹介する司会者の雰囲気で、大きな図体の向きを変える。

「ハリー・ポッター！　いったいなにから始めようかね？　夏休みに会ったときは、ほんの表面をなでただけ、そういうような感じでしたな！」

スラグホーンは、ハリーが脂の乗った特別大きな雉肉ででもあるかのように眺め回し、それから口を開いた。

「『選ばれし者』。いま君はそう呼ばれている！」

ハリーはなにも言わなかった。ベルビィ、マクラーゲン、ザビニの三人もハリーを見つめている。

「もちろん」

スラグホーンは、ハリーをじっと見ながら話し続ける。

「もう何年も噂はあった……わたしは憶えておるよ、あの——それ——あの恐ろしい夜のあと——リリーも——ジェイムズも——そして君は生き残った——そして、噂が流れた。君がきっと、尋常ならざる力を持っているにちがい——」

ザビニがコホンと咳をした。明らかに「それはどうかな」とからかっている。スラグホーンの背後から突然、怒りの声が上がった。

「そうでしょうよ、ザビニ。あなたはとっても才能があるものね……かっこうをつけるっていう才能……」

「おや、おや！」

スラグホーンはジニーを振り返って心地よさそうにくすくす笑う。ジニーの視線がスラグホーンの巨大な腹を乗り越えて、ザビニを睨みつけている。

「ブレーズ、気をつけたほうがいい！　こちらのお嬢さんがいる車両を通り過ぎるときに、ちょうど見えたんですよ。それは見事な『コウモリ鼻糞の呪い』をかけるところがね！　わたしなら彼女には逆らわないね！」

ザビニは、フンという顔をしただけだった。

「とにかく」

スラグホーンはハリーに向きなおる。

「この夏はいろいろと噂があった。もちろん、なにを信じるべきかはわからんがね。『日刊予言者』は不正確なことを書いたり、まちがいを犯したことがある――しかし、証人が多かったことからしても、疑いの余地はないと思われるが、魔法省で相当の騒ぎがあって、君はその真っただ中にいた！」

言い逃れるとしたら完全に嘘をつくしかない。ハリーはうなずくだけで黙り続けた。スラグホーンはハリーににっこり笑いかける。

「慎み深い、実に慎み深い。ダンブルドアが気に入っているだけのことはある――それでは、やはりあの場にいたわけだね？　しかし、そのほかの話は――あまりにも、もちろん扇情的で、なにを信じるべきかわからないというわけだ――たとえば、あの伝説的予言だが――」

「僕たち予言を聞いてません」

ネビルが、ゼラニウムのようなピンク色になりながら言った。

「そうよ」ジニーががっちりそれを支持する。

「ネビルもわたしもそこにいたわ。『選ばれし者』なんてばかばかしい話は、『日刊予言者』の、いつものでっち上げよ」

「君たち二人もあの場にいたのかね？」

スラグホーンは興味津々で、ジニーとネビルを交互に見る。しかし、促すようにほほえむスラグホーンを前にして、二人は貝のように口をつぐんだ。

「そうか……まあ……『日刊予言者新聞』は、もちろん、往々にして記事を大げさにする……」

スラグホーンはちょっとがっかりしたような調子で話を続ける。

「あのグウェノグがわたしに話してくれたことだが――そう、もちろん、グウェノグ・ジョーンズだよ。ホリヘッド・ハーピーズの――」

そのあとは長々しい思い出話に逸れていったが、スラグホーンがまだ自分を無罪放免にしたわけでもなく、ネビルやジニーの話に納得しているわけでもないと、ハリーははっきりそう感じ取っていた。

スラグホーンが教えた著名な魔法使いたちの逸話で、だらだらと午後が過ぎていった。そうした教え子たちは、全員、喜んでホグワーツの「スラグ・クラブ」とかに属したと言う。ハリーはその場を離れたくてしかたがなかったが、失礼にならずに出る方法が見当たらない。列車が何度目かの長い霧の中を通り過ぎ、真っ赤な夕日が見えたとき、スラグホーンはようやく薄明かりの中で目を瞬き、まわりを見回した。

「なんと、もう暗くなってきた！　ランプが灯ったのに気づかなんだ！　みな、もう帰ってローブに着替えたほうがいい。マクラーゲン、ノグテイルに関する例の本を借りに、そのうちわたしのところに寄りなさい。ハリー、ブレーズ——いつでもおいで。ミス、あなたもどうぞ」

スラグホーンはジニーに向かって、にこやかに目をキラキラさせる。

「さあ、お帰り、お帰り！」

ザビニは、ハリーを押し退けて暗い通路に出ながら、意地の悪い目つきでハリーを見る。ハリーはそれにおまけをつけて睨み返した。ハリーはザビニのあとを、ジニー、ネビルと一緒に歩いた。

「終わってよかった」ネビルがつぶやく。「変な人だね？」

「ああ、ちょっとね」

ハリーは、ザビニから目を離さずに言う。

「ジニー、どうしてあそこにくるはめになったの？」

「ザカリアス・スミスに呪いをかけてるところを見られたの」ジニーが答える。

「DAにいたあのハッフルパフ生のばか、憶えてるでしょう？　魔法省でなにがあったかって、しつっこくわたしに聞くの。最後にはほんとにうるさくなったから、呪いをかけてやったわ——そのときスラグホーンが入ってきたから、罰則を食らうかと思ったんだけど、すごくいい呪いだと思っただけなんだって。それでランチに招かれたってわけ！　ばっかばかしいよね？」

「母親が有名だからって招かれるより、まともな理由だよ」

ザビニの後頭部を睨みつけながら、ハリーが返す。

「それとか、おじさんのせいで――」

ハリーはそこで黙り込んだ。突然閃いた考えは、無鉄砲だが、うまくいけばすばらしい……もうすぐザビニは、スリザリンの六年生がいるコンパートメントに入っていく。マルフォイがそこにいるはずだ。スリザリンの仲間以外にはだれにも話を聞かれないと思っているだろう……もしそこに、ザビニのあとから姿を見られずに入り込むことができれば、どんな秘密でも見聞きできるのではないか？　たしかに旅はもう残り少ない――車窓を飛び過ぎる荒涼たる風景から考えて、ホグズミード駅まであと三十分とかからないだろう――しかし、どうやら自分以外には、この疑いを真剣に受け止めてくれる人がいないようだ。となれば、自分で証明するしかない。

「二人とも、あとで会おう」

ハリーは声をひそめてそう言うと、「透明マント」を取り出してさっとかぶる。

「でも、なにを――？」ネビルがたずねる。

「あとで！」

ハリーはそうささやくなり、ザビニを追ってできるだけ音を立てないように急いだ。もっとも、汽車のガタゴトいう音でそんな気遣いはほとんど無用だけれど。

通路はいまや空っぽと言えるほどだ。生徒たちはほとんど全員、学校用のローブに着替えて荷物をまとめるために、それぞれの車両にもどっている。ハリーはザビニに触れないぎりぎりの範囲で密着していたが、ザビニがコンパートメントのドアを開けるのを見計らって滑り込むのには間に合わなかった。ザビニがドアを閉め切る寸前に、ハリーはあわてて敷居に片足を突き出してドアを止める。

「どうなってるんだ?」

ザビニは癇癪(かんしゃく)を起こし、何度もドアを開け閉めして見えないハリーの足にドアをぶつける。

ハリーはドアをつかみ力一杯押し開ける。取っ手をつかんだままだったザビニは、グレゴリー・ゴイルの膝(ひざ)まで飛んでいって倒れた。ハリーはどさくさにまぎれてコンパートメントに飛び込む。そして、空席になっていたザビニの席に飛び上がり、荷物棚によじ登った。

歯をむき出してどなり合うゴイルとザビニに、みなの目が向いていたのは幸いだった。「マント」がはためいたとき、まちがいなく足首から先がむき出しになってしまったからだ。荷物棚に消えていくスニーカーを、マルフォイがたしかに目で追っていたような気がして、ハリーは一瞬ひやりとする。

やがてゴイルがドアをピシャリと閉め、ザビニを膝から振り落とした。ザビニはくしゃくしゃになって自分の席に座り込む。ビンセント・クラッブはまた漫画を読み出し、マルフォイは鼻で笑いながらパンジー・パーキンソンの膝に頭を載せて、二つ占領した席に横になっている。

ハリーは、一寸たりとも「マント」から体がはみ出さないよう窮屈に体を丸めて、パンジー・パーキンソンが、マルフォイの額にかかる滑らかなブロンドの髪をなでるのを眺めていた。パンジーは、こんなに羨ましい立場はないだろうと言わんばかりに、得意げな笑みを浮かべている。車両の天井で揺れるランタンがこの光景を明るく照らし出し、ハリーは真下でクラッブが読んでいる漫画の、一字一句を読み取ることができた。

「それで、ザビニ――」

マルフォイが聞く。

「スラグホーンはなにが狙いだったんだ?」

「いいコネを持っている連中に取り入ろうとしただけさ」

まだゴイルを睨みつけながら、ザビニが答える。

「大勢見つかったわけではないけどね」

マルフォイはこれを聞いて、おもしろくない様子だ。

「ほかにはだれが招かれた？」マルフォイが問いただす。

「グリフィンドールのマクラーゲン」ザビニが名を挙げる。

「ああ、そうだ。あいつのおじは魔法省で顔がきく」マルフォイが受ける。

「――ベルビィとかいうやつ。レイブンクローの――」

「まさか、あいつ、まぬけよ！」パンジーが口を出す。

「――あとはロングボトム、ポッター、それからウィーズリーの女の子」

ザビニが話し終えた。

マルフォイがパンジーの手を払い退けて、突然起き上がる。

「ロングボトムを招いたって？」

「ああ、そういうことになるな。ロングボトムがあの場にいたからね」

ザビニは投げやりに言う。

「スラグホーンが、ロングボトムのどこに関心を持つんだ？」と、マルフォイ。

ザビニは肩をすくめる。

「ポッター、尊いポッターか。『選ばれし者』を一目見たかったのは明らかだな」

マルフォイが嘲笑う。

「しかし、ウィーズリーの小娘とはね！　あいつのどこがそんなに特別なんだ？」

「男の子に人気があるわ」

パンジーは、横目でマルフォイの反応を見ながら言う。

「あなたでさえ、ブレーズ、あの子が美人だと思ってるでしょう？　しかも、あなたのおメガネに叶うのはとっても難しいって、みんな知ってるわ！」

「顔がどうだろうと、あいつみたいに血を裏切る穢れた小娘なんかに手を出したりするものか」

ザビニが冷たく言い捨てる。パンジーはうれしそうな顔をする。マルフォイはまたその膝に頭を載せ、パンジーが髪をなでるがままにさせた。

「まあ、僕はスラグホーンの趣味を哀れむね。少しぼけてきたのかもしれないな。残念だ。父上はいつも、あの人が盛んなときにはいい魔法使いだったとおっしゃっていた。父上は、あの人にちょっと気に入られていたんだ。スラグホーンは、たぶん僕がこの汽車に乗っていることを聞いていなかったのだろう。そうでなければ――」

「僕なら、招待されようなんて期待は持たないだろうな」ザビニが言う。

「僕が真っ先に部屋に着いたんだが、そのときスラグホーンにノットの父親のことを聞かれた。どうやら旧知の仲だったらしい。しかし、彼は魔法省で逮捕されたと言ってやったら、スラグホーンはあまりいい顔をしなかったよ。ノットも招かれていなかっただろう？　スラグホーンは死喰い人には関心がないんだろうよ」

マルフォイは腹を立てた様子だったが、むりに、妙にしらけた笑い方をした。

「まあ、あいつがなんに関心があろうと、知ったこっちゃない。結局のところ、あいつがなんだって言うんだ？　たかがまぬけな教師じゃないか」

マルフォイがこれ見よがしのあくびをする。

「つまり、来年、僕はホグワーツになんかいないかも知れないのに、薹の立った太っちょの老いぼれが僕のことを好きだろうとなんだろうと、どうでもいいことだ」

「来年はホグワーツにいないかもしれないって、どういうこと？」

パンジーが、とたんにマルフォイの毛づくろいをしていた手を止めて、憤慨したように問い詰める。

「まあ、先のことはわからないだろう？」

マルフォイはわずかにニヒルな笑いを浮かべる。

「僕は――あ――もっと次元の高い大きなことをしているかもしれない」

荷物棚で、「マント」に隠れてうずくまりながら、ハリーの心臓の鼓動が速くなる。ロンやハーマイオニーが聞いたらなんと言うだろう？　クラッブとゴイルはぽかんとしてマルフォイを見つめている。次元の高い大きなことがどういう計画なのか、さっぱり見当がつかないらしい。ザビニでさえ、高慢な風貌がそこなわれるほどあからさまな好奇心を覗かせている。

パンジーは言葉を失ったように、ふたたびマルフォイの髪をのろのろとなではじめ、つぶやくように聞く。

「もしかして――『あの人』のこと？」

マルフォイは肩をすくめる。

「母上は僕が卒業することをお望みだが、僕としては、このごろそれがあまり重要だとは思えなくてね。つまり、考えてみると……闇の帝王が支配なさるとき、O・W・L（ふくろう）やN・E・W・T（いもり）が何科目かなんて、『あの人』が気になさるか？　もちろん、そんなことは問題じゃない……『あの人』のためにどのように奉仕し、どのような献身ぶりを示してきたかだけが重要なんだ」

「それで、君は『あの人』のためになにかできると思っているのか？」

ザビニが容赦なく追及する。

「十六歳で、しかもまだ完全な資格もないのに？」

「たったいま言わなかったか？　『あの人』はたぶん、僕に資格があるかどうかなんて気になさらない。僕にさせたい仕事は、たぶん資格なんて必要ないものかもしれない」マルフォイが静かに言い終える。

クラッブとゴイルは、二人ともガーゴイルよろしく口を開けて座っている。パンジーは、こんなに神々しいものは見たことがないという顔で、マルフォイをじっと見下ろしていた。

「ホグワーツが見える」

自分が作り出した効果をじっくり味わいながら、マルフォイは暗くなった車窓を指さした。

「ローブを着たほうがいい」

ハリーはマルフォイを見つめるのに気を取られ、ゴイルがトランクに手を伸ばしたのに気づかなかった。ゴイルがトランクを振り回して棚から下ろす拍子に、ハリーの頭の横にゴツンと当たり、ハリーは思わず声を漏らしてしまった。マルフォイが顔をしかめて荷物棚を見上げる。

ハリーはマルフォイが恐いわけではなかったが、仲のよくないスリザリン生たちに、「透明マント」に隠れているところを見つかってしまうのは気に入らない。目は潤み、頭はずきずき痛んだが、ハリーは「マント」を乱さないように注意しながら杖を取り出し、息をひそめて待った。マルフォイは、結局空耳だったと思いなおしたらしく、ハリーはほっとする。マルフォイは、ほかのみなと一緒にローブを着て、トランクの鍵をかけ、汽車が速度を落としてガタン、ガタンと徐行を始めると、厚手の新しい旅行マントの紐を首のところで結んだ。

ハリーは通路がまた人で混み合ってくるのを見ながら、ハーマイオニーとロンが自分の荷物を代わりにプラットホームに降ろしてくれればいいが、と願っていた。このコンパートメントがすっかり空になるまで、ハリーはこの場から動けない。

最後に大きくガタンと揺れ、列車は完全に停止した。ゴイルがドアをバンと開け、二年生の群れを拳骨で押し退けながら、強引に出ていく。クラッブとザビニがそれに続く。

「先に行け」

マルフォイににぎって欲しそうに、手を伸ばして待っているパンジーに、マルフォイが命じる。

「ちょっと調べたいことがある」

パンジーがいなくなった。コンパートメントには、ハリーとマルフォイだけだ。生徒たちは列をなして通り過ぎ、暗いプラットホームに降りていく。マルフォイはコンパートメントのドアのところに行き、ブラインドを下ろし、通路側から覗かれないようにしている。それからトランクの上にかがんで、いったん閉じたふたをまた開ける。

ハリーは荷物棚の端から覗き込んだ。心臓の鼓動がまた少し速くなる。パンジーからマルフォイが隠したい物はなんだろう？　修理がそれほど大切だという、あの謎の品物が見えるのだろうか？

「ペトリフィカス　トタルス！　石になれ！」

マルフォイが不意を衝いてハリーに杖を向けた。ハリーはたちまち金縛りにあう。スローモーション撮影のように、ハリーは荷物棚から転げ落ち、床を震わせるほどの痛々しい衝撃とともにマルフォイの足下にたたきつけられた。「透明マント」は体の下敷きになり、足を海老のように丸めてうずくまったままの滑稽な格好で、ハリーの全身が現れる。筋肉の一筋も動かせない。にんまりほくそ笑んでいるマルフォイを下からじっと見つめるばかりだ。

「やはりそうか」

マルフォイが酔いしれたように話し出す。

「ゴイルのトランクがおまえにぶつかったのが聞こえた。それに、ザビニがもどってきたとき、なにか白い物が一瞬、空中に光るのを見たような気がした……」

マルフォイはハリーのスニーカーにしばらく目を止めていた。

「ザビニがもどってきたときにドアをブロックしたのは、おまえだったんだな？」

マルフォイは、どうしてやろうかとばかり、しばらくハリーを眺めていた。

「ポッター、おまえは、僕が聞かれて困るようなことを、なにも聞いちゃいない。しかし、せっかくここにおまえがいるうちに……」

マルフォイは、ハリーの顔を思い切り踏みつける。ハリーは鼻が折れるのを感じた。そこら中に血が飛び散る。

「いまのは僕の父上からだ。さてと……」

マルフォイは動けないハリーの体の下から「マント」を引っぱり出し、ハリーを覆った。

「汽車がロンドンにもどるまで、だれもおまえを見つけられないだろうよ」

マルフォイが低い声で言い捨てる。

「また会おう、ポッター……それとも会わないかな」

そして、わざとハリーの指を踏みつけ、マルフォイはコンパートメントを出ていった。

第8章　勝ち誇るスネイプ

ハリーは、全身の筋一本動かせない。「透明マント」の下で、鼻から流れるどろりとした生温かい血が頬を伝うのを感じながら、通路の人声や足音を聞いている。汽車がふたたび発車する前に、必ずだれかがコンパートメントをチェックするのではないか？　はじめはそう考えた。しかし、たとえだれかがコンパートメントを覗いても、姿は見えないし、声も出せない。すぐにそう気づいて、ハリーは落胆した。せいぜい、だれかが中に入ってきて、ハリーを踏みつけてくれるのを望むほかない。

ひっくり返されて、滑稽な姿をさらす亀のように転がり、開いたままの口に流れ込む鼻血に吐き気を催しながら、ハリーはこのときほどマルフォイが憎いと思ったことはない。なんというばかばかしい状況に陥ってしまったのだろう……そしていま、最後の足音が消え去っていく。みなが暗いプラットホームをぞろぞろ歩いている。トランクを引きずる音、ガヤガヤという大きな話し声が聞こえる。

ロンやハーマイオニーは、ハリーがとうに一人で列車を降りてしまったと思っているだろう。ホグワーツに到着して大広間の席に着いてから、グリフィンドールのテーブルを見回して、やっとハリーがいないことに気づくだろう。ハリーのほうは、そのころにはまちがいなく、ロンドンへの道程《みちのり》の半分をもどってしまっているだろう。

ハリーはなにか音を出そうと試みた。うめき声でもいい。しかし不可能だった。そのとき、ダンブルドアのような魔法使いの何人かは、声を出さずに呪文がかけられることを思い出す。そして、手から落ちてしまった杖を「呼び寄せ」ようと、「アクシオ！　杖よこい！」と頭の中で何度も何度も唱えた。何事も起こらない。

湖を取り囲む木々がサラサラと触れ合う音や、遠くでホーと鳴くふくろうの声が聞こえたような気がする。しかし、捜索が行われている気配はまったくない。しかも（そんなことを期待する自分が少しいやになったが）、ハリー・ポッターはどこに消えてしまったのだろうと、大騒ぎする声も聞こえない。セストラルの引く馬車の隊列が、ガタゴトと学校に向かう姿や、マルフォイがそのどれかの馬車に乗って仲間のスリザリン生にハリーをやっつけた話をし、その馬車から押し殺したような笑い声が聞こえる情景を想像すると、ハリーの胸に絶望感が広がっていく。

汽車がガタンと揺れた。ハリーは転がって横向きになる。天井の代わりに、今度は埃《ほこり》だらけの座席の下を、ハリーは見つめている。蒸気機関がうなりを上げて息を吹き返し、床が振動しはじめた。ホグワーツ特急が発車する。そして、ハリーがまだ乗っていることをだれも知らない……。

そのとき、「透明マント」が勢いよくはがされるのを感じ、頭上から声がした。

「よっ、ハリー」

赤い光が閃き、ハリーの体は解凍した。少しは体裁のよい姿勢で座れるようになり、傷ついた顔から鼻血を手の甲でさっと拭うこともできる。顔を上げると、トンクスがいる。いまはがしたばかりの「透明マント」を持っている。

「ここを出なくちゃ。早く」

列車の窓が水蒸気で曇り、汽車はまさに駅を離れようとしていた。

「さあ、飛び降りよう」

トンクスのあとから、ハリーは急いで通路に出る。トンクスはデッキのドアを開け、プラットホームに飛び降りた。汽車は速度を上げはじめ、ホームが足下を流れるように見える。ハリーもトンクスに続く。着地でよろめき、体勢を立てなおしたときには、紅に光る機関車はさらにスピードを増し、やがてカーブを曲がって見えなくなった。

ずきずき痛む鼻に、冷たい夜気が優しい。トンクスがハリーを見つめている。あんな滑稽な格好で発見されたことが、ハリーには腹立たしく、恥ずかしくもある。トンクスは黙って「透明マント」を返してくれた。

「だれにやられた？」

「ドラコ・マルフォイ」

ハリーが悔しげに答える。

「ありがとう……あの……」

「いいんだよ」

トンクスがにこりともせずに言う。暗い中で見るトンクスは、「隠れ穴」で会ったときと同じくすんだ茶色の髪で、惨めな表情をしている。

「じっと立っててくれれば、鼻を治してあげられるよ」

ご遠慮申し上げたい、とハリーは思う。校医のマダム・ポンフリーのところへ行くつもりだった。癒術の呪文にかけては、校医のほうが少しは信頼できる。しかしそんなことを言うのは失礼だという考えが先に立って、ハリーは目をつむりじっと動かずに立っていた。

「エピスキー！　鼻血癒えよ！」トンクスが唱える。

鼻がとても熱くなり、それからとても冷たくなった。ハリーは恐る恐る鼻に手をやる。どうやら治っている。

「どうもありがとう！」

『マント』を着たほうがいい。学校まで歩いていこう」

トンクスは相変わらずにこりともせずに言う。ハリーがふたたび「マント」をかぶると、トンクスが杖を振る。杖先からとても大きな銀色の四足の生き物が現れ、暗闇を矢のように飛び去った。

「いまのは『守護霊』だったの?」

ハリーは、ダンブルドアが同じような方法で伝言を送るのを見たことがある。

「そう。君を保護したと城に伝言した。そうしないと、みんなが心配する。行こう。ぐずぐずしてはいられない」

二人は学校への道を歩きはじめた。

「どうやって僕を見つけたの?」

「君が列車から降りていないことに気づいたし、君が『マント』を持っていることも知っている。なにか理由があって隠れているのかもしれないと考えた。あのコンパートメントにブラインドが下りているのを見て、調べてみようと思ったんだ」

「でも、そもそもここでなにをしているの?」ハリーが聞く。

「わたしはいま、ホグズミードに配置されているんだよ。学校の警備を補強するためにね」トンクスが言う。

「ここに配置されているのは、君だけなの?　それとも――」

「プラウドフット、サベッジ、それにドーリッシュもここにいる」

「ドーリッシュって、先学期ダンブルドアがやっつけたあの闇祓い？」

「そう」

いましがた馬車が通ったばかりの轍の跡をたどりながら、二人は暗く人気のない道を黙々と歩く。「マント」に隠れたまま、ハリーは並んで歩くトンクスを窺った。

去年、トンクスは聞きたがり屋で（ときには、うるさいと思うぐらい）、よく笑い、冗談を飛ばす人だった。いまのトンクスは少し老けたようにも見え、まじめで決然としている。これが魔法省で起こったことの影響なのだろうか？　ハーマイオニーなら、シリウスのことでトンクスに慰めの言葉をかけなさい、トンクスのせいではないと言いなさいと促すだろうな――ハリーは気まずい思いでそう考えた。しかし、どうしても言い出せない。シリウスが死んだことで、トンクスを責める気などさらさらない。トンクスの責任でもなければだれの責任でもない（責任があるとすれば、むしろ自分だ）。でも、できればシリウスのことは話したくなかった。

二人は黙ったまま、寒い夜を、ただてくてく歩いた。トンクスの長いマントが、二人の背後でささやくように地面をこすっている。

いつも馬車で移動していたので、ホグワーツがホグズミード駅からこんなに遠いとは、これまで思いもしなかった。ようやく門柱が見えたときには、ハリーは心からほっとした。

門の両脇に立つ高い門柱の上には、羽根の生えたイノシシが載っている。寒くて空腹だったこともあるが、別人のように陰気なトンクスとは早く別れたいとハリーは思っていた。ところが門を押し開けようと手を出すと、鎖がかけられて閉まっている。

「アロホモーラ！」

杖(つえ)を閂(かんぬき)に向け、ハリーは自信を持って唱えたが、なにも起こらない。

「そんなもの通じないよ」

トンクスが呆(あき)れたように言う。

「ダンブルドア自身が魔法をかけているんだ」

ハリーはあたりを見回す。

「僕、城壁をよじ登れるかもしれない」ハリーが提案した。

「いいや、できないはずだ」

トンクスが、にべもなく言う。

「『侵入者避け呪文』がいたる所にかけられているからね。夏の間に警備措置が百倍も強化されたんだ」

「それじゃ」

トンクスが助けてもくれないので、ハリーはいらいらしはじめた。

「ここで野宿して朝を待つしかないということか」

「だれかが君を迎えにくる」トンクスが言う。「ほら」

遠く、城の下のほうで、ランタンの灯りが上下に揺れている。うれしさのあまり、ハリーは、この際フィルチだってかまうものかと思った。ゼイゼイ声でハリーの遅刻を責めようが、親指締めの拷問を定期的に受ければ時間を守れるようになるだろうとわめこうが、がまんできる。

黄色の灯りが二、三メートル先に近づき、姿を現すために「透明マント」を脱いだとき、はじめてハリーは、相手がだれであるかに気づいた。そして、混じりけなしの憎しみが押し寄せてくる。灯りに照らし出されて、鉤鼻にべっとりとした黒い長髪のセブルス・スネイプが立っていた。

「さて、さて、さて」

意地悪く笑いながら、スネイプは杖を取り出して閂を一度たたく。鎖がくねくねとそり返り、門が軋みながら開いた。

「ポッター、出頭するとは感心だ。ただし、制服のローブを着ると、せっかくの容姿をそこなうと考えたようだが」

「着替えられなかったんです。手元に持ってなくて――」

ハリーは話しはじめたが、スネイプが遮った。

「ニンファドーラ、待つ必要はない。ポッターは我輩の手中で、きわめて――あー――安全だ」

「わたしは、ハグリッドに伝言を送ったつもりだった」トンクスが顔をしかめる。

「ハグリッドは、新学年の宴会に遅刻した。このポッターと同じようにな。代わりに我輩が受け取った。ところで」

スネイプは一歩下がってハリーを中に入れながら言う。

「君の新しい守護霊は興味深い」

スネイプはトンクスの鼻先で、ガランと大きな音を立てて門を閉めた。スネイプがふたたび杖で鎖をたたくと、鎖はガチャガチャ音を立てながら滑るように元にもどった。

「我輩は、昔のやつのほうがいいように思うが」

スネイプの声には、まぎれもなく悪意がこもっている。

「新しいやつは弱々しく見える」

スネイプがぐるりとランタンの向きを変えたそのとき、ちらりと見えたトンクスの顔には、怒りと衝撃の色が浮かんでいた。しかし次の瞬間、トンクスの姿はふたたび闇に包まれた。

「おやすみなさい」

スネイプとともに学校に向かって歩き出しながら、ハリーは振り返って礼を言う。

「ありがとう……いろいろ」

「またね、ハリー」

一分かそこら、スネイプは口をきかなかった。ハリーは、自分の体から憎しみが波のように発散するのを感じていた。スネイプの体を焼くほど強い波なのに、スネイプがなにも感じていないのは信じられない。はじめて出会ったときから、ハリーはスネイプを憎悪していた。しかし、スネイプがシリウスに対して取った態度のせいで、いまやスネイプは、ハリーにとって絶対に、そして永久に許すことのできない存在になっている。

ハリーはこの夏の間にじっくり考えたし、ダンブルドアがなんと言おうと、すでに結論を出している。スネイプは、騎士団のほかのメンバーがヴォルデモートと戦っているときに、シリウスはのうのうと隠れていると言った。おそらく、悪意に満ちたスネイプの言葉の数々が強い引き金となって、あの夜、シリウスが死んだあの夜、シリウスは向こう見ずにも魔法省に出かけたにちがいない。

ハリーはこの考えにしがみついていた。そうすればスネイプを責めることができる。その上、責めることで満足できる。それに、シリウスの死を悲しまない人間がいるとすれば、それは、いまハリーと並んで暗闇の中をずんずん歩いていく、この男以外に考えられない。

「遅刻でグリフィンドール五〇点減点だな」

スネイプが言う。

「さらに、フーム、マグルの服装のせいで、さらに二〇点減点。まあ、新学期に入ってこれほど早期にマイナス得点になった寮はなかろうな――まだデザートも出ていないのに。記録を打ち立てたかもしれんぞ、ポッター」

腸(はらわた)が煮えくり返り、白熱した怒りと憎しみが炎となって燃え上がりそうだ。しかし、遅れた理由をスネイプに話すくらいなら、身動きできないままロンドンにもどるほうがまだましだ。

「たぶん、衝撃の登場をしたかったのだろうねえ?」

スネイプはねちねちとしゃべり続ける。

「空飛ぶ車がない以上、宴の途中で大広間に乱入すれば、劇的な効果があるにちがいないと判断したのだろう」

ハリーはそれでも黙ったままでいたが、胸中は爆発寸前だった。スネイプがわざわざハリーを迎えにきたのはこのためだと、ハリーにはわかっている。ほかのだれにも聞かれることなく、ハリーをちくちくと苛(さいな)むことができるこの数分間のためだ。

二人はやっと城の階段にたどり着く。がっしりした樫(かし)の扉が左右に開き、板石を敷き詰めた広大な玄関ホールが現れると、大広間に向かって開かれた扉を通して、はじけるような笑い声や話し声、食器やグラスが触れ合う音が二人を迎える。ハリーは「透明マント」をまたかぶれないだろうかと思った。そうすればだれにも気づかれずにグリフィンドールの長テーブルに座れる（都合の悪いことに、グリフィンドールのテーブルは玄関ホールから一番遠くにある）。

しかし、ハリーの心を読んだかのようにスネイプが命じる。

『マント』は、なしだ。全員が君を見られるように、歩いていきたまえ。それがお望みだったと存ずるがね」

ハリーは即座にくるりと向きを変え、開いている扉にまっすぐ突き進む。スネイプから離れるためならなんでもする。長テーブル四卓とその奥に教職員テーブルが置かれた大広間は、いつものように飾りつけられている。蠟燭が宙に浮かび、その下の食器類をキラキラ輝かせている。しかし、急ぎ足で歩いているハリーには、すべてがぼやけた光の点滅にしか見えない。あまりの速さに、ハッフルパフ生がハリーを見つめはじめるころにはもうそのテーブルを通り過ぎ、よく見ようと生徒たちが立ち上がったときにはもう、ロンとハーマイオニーを見つけ、ベンチ沿いに飛ぶように移動して、二人の間に割り込んでいた。

「どこにいたん――なんだい、その顔はどうしたんだ？」

ロンはまわりの生徒たちと一緒になってハリーをじろじろ見ながら言う。

「なんで？　どこか変か？」

ハリーはがばっとスプーンをつかみ、そこに歪んで映る自分の顔を、目を細くして見た。

「血だらけじゃない！」ハーマイオニーが大きな声を上げる。「こっちにきて――」

ハーマイオニーは杖を上げて、「テルジオ！　拭え！」と唱え、血糊を吸い取ってくれた。

「ありがと」

ハリーは顔に手を触れて、きれいになったのを感じながら礼を言った。

「鼻はどんな感じ？」

「普通よ」

ハーマイオニーが心配そうに言う。

「あたりまえでしょう？　ハリー、なにがあったの？　死ぬほど心配したわ！」

「あとで話すよ」ハリーは素気なく言った。

ジニー、ネビル、ディーン、シェーマスが聞き耳を立てていることには、ちゃんと気づいている。グリフィンドールのゴーストの「ほとんど首無しニック」まで、盗み聞きしようと、テーブルに沿ってふわふわ漂っている。

「でも――」ハーマイオニーが言いかける。

「いまはだめだ、ハーマイオニー」

ハリーは、意味ありげな暗い声で制した。ハリーがなにか勇ましいことに巻き込まれたと、みなが想像してくれればいいと願う。できれば死喰い人二人に吸魂鬼一体ぐらいがかかわったと思ってもらえるといい。もちろん、マルフォイは、話をできるかぎり吹聴しようとするだろうが、グリフィンドール生の間にはそれほど伝わらない可能性だってある。

ハリーは、チキンの腿肉を二、三本とポテトチップスをひとつかみ取ろうとロンの前に手を伸ばしたが、取る前に全部消えて、代わりにデザートが出てきてしまった。

「とにかくあなたは、組分け儀式も逃してしまったしね」

ロンが大きなチョコレートケーキに飛びつくそばで、ハーマイオニーが言う。

「帽子はなにかおもしろいこと言った？」糖蜜タルトを取りながら、ハリーが聞いた。

「同じことの繰り返し、ええ……敵に立ち向かうのに全員が結束しなさいって」

「ダンブルドアは、ヴォルデモートのことをなにか言った？」

「まだよ。でも、ちゃんとしたスピーチは、いつもご馳走のあとまで取っておくでしょう？　もうまもなくだと思うわ」

「スネイプが言ってたけど、ハグリッドが宴会に遅れてきたって——」

「スネイプに会ったって？　どうして？」

ケーキをパクつくのに大忙しの合間を縫って、ロンが聞いた。

「偶然、出くわしたんだ」ハリーは言い逃れる。

「ハグリッドは数分しか遅れなかったわ」

ハーマイオニーが訝しそうに言う。

「ほら、ハリー、あなたに手を振ってるわよ」

ハリーは教職員テーブルを見上げ、まさにハリーに手を振っているハグリッドに向かって笑顔を返す。ハグリッドは、マクゴナガル先生のような威厳ある振る舞いができたためしがない。ハグリッドの隣に座っているグリフィンドール寮監のマクゴナガル先生は、頭のてっぺんがハグリッドの肘と肩の中間あたりまでしか届いていない。そのマクゴナガル先生が、ハグリッドの熱狂的な挨拶を咎めるような顔をしている。驚いたことに、ハグリッドを挟んで反対側の席に、占い学のトレローニー先生が座っている。北塔にある自分の部屋をめったに離れることのないこの先生を、新学年の宴会で見かけたのははじめてだ。相変わらず奇妙な格好をしている。ビーズをキラキラさせ、ショールを何枚かだらりとかけ、メガネで両眼が巨大に拡大されている。トレローニーはいかさま臭いと、ずっとそう思っていたハリーにとって、先学期の終わりの出来事は衝撃的だった。ヴォルデモートがハリーの両親を殺し、ハリーをも襲う原因となった予言の主は、このトレローニーだったのだ。そう知ってしまうと、ますますそばにはいたくなくなった。ありがたいことに、今学年は占い学を取らないことになるだろう。標識灯のような大きな目がハリーの方向にぐるりと回ってくる。ハリーはあわてて目を逸らし、スリザリンのテーブルを見る。ドラコ・マルフォイが、鼻をへし折られるまねをしてみなを大笑いさせ、やんやの喝采を受けていた。ハリーはまたしても腸が煮えくり返ってきて、下を向き糖蜜タルトを見つめた。一対一でマルフォイと戦えるなら、すべてを投げ打ってもいい……。

「それで、スラグホーン先生はなにがお望みだったの？」ハーマイオニーが聞く。

「魔法省で、ほんとはなにが起こったかを知ること」ハリーが答える。

「先生も、ここにいるみんなも同じだわ」ハーマイオニーがフンと鼻を鳴らす。「列車の中でも、みんなにそのことを問い詰められたわよね？　ロン？」

「ああ」

ロンがうんざりといった口調で言う。

「君がほんとに『選ばれし者』なのかどうか、みんなが知りたがって――」

「まさにそのことにつきましては、ゴーストの間でさえ、さんざん話題になっております」

「ほとんど首無しニック」がほとんどつながっていない首をハリーのほうに傾けたので、首がひだ襟(えり)の上で危なっかしげにぐらぐら揺れる。

「私はポッターの権威者のように思われております。私たちの親しさは知れ渡っていますからね。ただし、私は霊界の者たちに、君をわずらわせてまで情報を聞き出すようなまねはしないと、はっきり宣言しております。『ハリー・ポッターは、私になら、全幅の信頼を置いて秘密を打ち明けることができると知っている』。そう言ってやりましたよ。『彼の信頼を裏切るくらいなら、むしろ死を選ぶ』とね」

「それじゃ大したこと言ってないじゃないか。もう死んでるんだから」ロンがニックの発言を論評する。

「またしてもあなたは、なまくら斧(おの)のごとき感受性を示される」

「ほとんど首無しニック」は公然たる侮辱を受けたかのようにそう言うと、宙に舞い上がり、するするとグリフィンドールのテーブルの一番端にもどる。ちょうどそのとき、教職員テーブルのダンブルドアが立ち上がった。大広間に響いていた話し声や笑い声が、あっという間にやんだ。

「みなさん、すばらしい夜じゃ！」

ダンブルドアはにっこりと笑い、大広間にいる生徒全員を抱きしめるかのように両手を広げる。

「手をどうなさったのかしら?」ハーマイオニーが息を呑むむ。

気づいたのはハーマイオニーだけではない。ダンブルドアの右手は、ダーズリー家にハリーを迎えにきた夜と同様、死んだようにどす黒い。ささやき声が広間中を駆けめぐる。ダンブルドアはその反応を正確に受け止めたようだが、単にほほえんだだけで、紫と金色の袖を振り下ろして傷を覆った。

「なにも心配には及ばぬ」

ダンブルドアは、なんでもないことのように気軽に言う。

「さて……新入生よ、歓迎いたしますぞ。上級生にはお帰りなさいじゃ! 今年もまた、魔法教育がびっしりと待ち受けておる……」

「夏休みにダンブルドアに会ったときも、ああいう手だった」

ハリーがハーマイオニーにささやく。

「でも、ダンブルドアがとっくに治しているだろうと思ったのに……そうじゃなければ、マダム・ポンフリーが治したはずなのに」

「あの手はもう死んでるみたいに見えるわ」

ハーマイオニーが吐き気を催したように言う。

「治らない傷というものもあるわ……昔受けた呪いとか……それに解毒剤の効かない毒薬もあるし……」

「……そして、管理人のフィルチさんからみなに伝えるようにと言われたのじゃが、ウィーズリー・ウィザード・ウィーズとかいう店で購入した悪戯用具は、すべて完全禁止じゃ」

「各寮のクィディッチ・チームに入団したい者は、例によって寮監に名前を提出すること。試合の解説者も新人を募集しておるので、同じく応募すること」

「今学年は新しい先生をお迎えしておる。スラグホーン先生じゃ」

スラグホーンが立ち上がる。禿げ頭が蠟燭に輝き、チョッキを着た大きな腹が下のテーブルに影を落とす。

「先生は、かつてわしの同輩だった方じゃが、昔教えておられた魔法薬学の教師として復帰なさることにご同意いただいた」

「魔法薬？」

「魔法薬？」

聞きちがえたのでは、という声が広間中のあちこちで響く。

「魔法薬？」ロンとハーマイオニーが、ハリーを振り向いて同時に声を上げる。

「だってハリーが言ってたのは――」

「ところでスネイプ先生だが――」

ダンブルドアは生徒たちから上がる不審げなガヤガヤ声にかき消されないよう、声を張り上げて言う。

「『闇の魔術に対する防衛術』の後任の教師となられる」

「そんな！」

あまりに大きな声を出したので、生徒の多くがハリーのほうを見たが、ハリーは意にも介さず、怒りをあらわにして教職員テーブルを睨みつけた。どうしていまになって、スネイプが「闇の魔術に対する防衛術」に着任するんだ？ ダンブルドアが信用していないからスネイプはその職に就けないというのは、周知のことじゃなかったのか？

「だって、ハリー、あなたは、スラグホーンが『闇の魔術に対する防衛術』を教えるって言ったじゃない！」ハーマイオニーが問い詰める。

「そうだと思ったんだ！」

ハリーは、ダンブルドアがいつそう言ったのかを必死で思い出そうとした。しかし考えてみると、スラグホーンがなにを教えるかを、ダンブルドアが話してくれたという記憶がない。

ダンブルドアの右側に座っているスネイプは、名前を言われても立ち上がりもせず、スリザリン・テーブルからの拍手に大儀そうに応えて、片手を挙げただけだ。しかしハリーは、憎んでもあまりあるスネイプの顔に勝ち誇った表情が浮かんでいるのを、たしかに読み取った。

「まあ、一つだけいいことがある」

ハリーが残酷にも言い放つ。

「この学年の終わりまでには、スネイプはいなくなるだろう」

「どういう意味だ？」ロンが聞いた。

「あの職は呪われている。一年より長く続いたためしがない……クィレルは途中で死んだくらいだ。僕個人としては、もう一人死ぬように願をかけるよ……」

「ハリー！」ハーマイオニーはショックを受け、責めるように声を上げる。

「今学年が終わったら、スネイプは元の『魔法薬学』にもどるだけの話かもしれないじゃないか」

ロンが妥当な分析をする。

「あのスラグホーンてやつ、長く教えたがらないかもしれないよ。ムーディもそうだったろう」

ダンブルドアが咳ばらいする。私語を交わしていたのはハリー、ロン、ハーマイオニーだけではなかった。スネイプがついに念願を成就したというニュースに、大広間中がてんでんに会話を始めている。

たったいまどんなに衝撃的なニュースを発表したかなど気づいていないかのよう

に、ダンブルドアは教職員の任命についてはそれ以上なにも言わない。ちょっとの間を置き、完全に静かになるのを待って、話を続ける。

「さて、この広間におる者はだれもが知ってのとおり、ヴォルデモート卿とその従者たちが、ふたたび跋扈し、力を強めておる」

ダンブルドアの話が進むにつれて、沈黙が張りつめ、研ぎ澄まされていくようだ。ハリーはマルフォイをちらりと見る。マルフォイはダンブルドアには目もくれず、まるで校長の言葉など傾聴に値しないとでもいうように、フォークを杖で宙に浮かしている。

「現在の状況がどんなに危険であるか、また、我々が安全に過ごすことができるよう、ホグワーツの一人ひとりが十分注意すべきであるということは、どれほど強調してもしすぎることはない。この夏、城の魔法の防衛が強化された。いっそう強力な新しい方法で、我々は保護されておる。しかし、やはり、生徒や教職員のみなが、軽率なことをせぬように慎重を期さねばならぬ。それじゃからみなに言うておく。どんなにうんざりするようなことであろうと、先生方が生徒のみなに課す安全上の制約事項は遵守するよう——とくに、決められた時間以降は、夜間、ベッドを抜け出してはならぬという規則じゃ。わしからのたっての願いじゃが、城の内外でなにか不審なもの、怪しげなものに気づいたら、すぐに教職員に報告するよう。生徒諸君が、常に自分自身と互いの安全とに最大の注意を払って行動するものと信じておる」

ダンブルドアのブルーの目が生徒全体を見渡し、それからもう一度ほほえむ。

「しかしいまは、ベッドが待っておる。みなが望みうるかぎり最高にふかふかで暖かいベッドじゃ。みなにとって最も大切なのは、ゆっくり休んで明日からの授業に備えることじゃろう。それではおやすみの挨拶じゃ。そぉれ行け、ピッピッ！」

いつもの騒音が始まった。ベンチを後ろに押しやって立ち上がった何百人もの生徒が、列をなして大広間からそれぞれの寮に向かう。一緒に大広間を出ればじろじろ見られるし、マルフォイに近づけば鼻を踏みつけた話を繰り返させるだけだ。どちらにしても急ぎたくはない。ハリーは、スニーカーの靴紐を結びなおすふりをしてぐずぐずすることにし、グリフィンドール生の大部分をやり過ごす。ハーマイオニーは、一年生を引率するという監督生の義務を果たすために飛んでいったが、ロンはハリーと残っている。

「君の鼻、ほんとはどうしたんだ？」

急いで大広間を出てゆく群れの最後尾につき、だれにも声が聞こえない状況になったときにロンが聞いてきた。

ハリーはロンに話した。ロンが笑わなかったことが、二人の友情の証だ。

「マルフォイが、なにか鼻に関係するパントマイムをやってるのを見たんだ」

ロンが暗い表情で言う。

「ああ、まあ、それは気にするな」ハリーは苦々しげに返す。

「僕がやつに見つかる前に、あいつがなにを話してたかだけど……」

マルフォイの自慢話を聞けばロンが驚愕するだろうと期待していたハリーは、がっかりした。案に相違して、ロンはさっぱり感じないようなのだ。ハリーに言わせれば、なんというガチガチの石頭だ。

「いいか、ハリー、あいつはパーキンソンの前でいいかっこをして見せただけなんだよ……『例のあの人』が、あいつにどんな任務を与えるって言うんだ？」

「ヴォルデモートは、ホグワーツにだれかを置いておく必要はないか？　なにも今度がはじめてっていうわけじゃ――」

「ハリー、その名前を言わねえで欲しいもんだ」

二人の背後で、咎めるような声がした。振り返るとハグリッドが首を振っている。

「ダンブルドアはその名前で呼ぶよ」ハリーは頑として言い張る。

「ああ、そりゃ、それがダンブルドアちゅうもんだ。そうだろうが？」

ハグリッドが謎めいたことを言う。

「そんで、ハリー、なんで遅れた？　おれは心配しとったぞ」

「汽車の中でもたもたしててね」ハリーが答える。

「ハグリッドはどうして遅れたの?」

「グロウプと一緒でなあ」

ハグリッドがうれしそうに言う。

「時間の経つのを忘れっちまった。いまじゃ山ン中に新しい家があるぞ。ダンブルドアが設えなすった――おっきないい洞穴だ。あいつは森にいるときより幸せでな。二人で楽しくしゃべくっとったのよ」

「ほんと?」

ハリーは、意識的にロンと目を合わせないようにしながら相槌を打つ。ハグリッドの父親ちがいの弟は、最後に会ったとき、樹木を根元から引っこ抜く才能のある狂暴な巨人で、言葉はたった五つの単語だけしか持たず、そのうち二つはまともに発音さえできなかった。

「ああ、そうとも。あいつはほんとに進歩した」

ハグリッドは得意げだ。

「二人とも驚くぞ。おれはあいつを訓練して助手にしようと考えちょる」

ロンは大きくフンと言ったが、なんとかごまかして、大きなくしゃみをしたように見せかけた。三人はもう樫の扉のそばまできていた。

「とにかく、明日会おう。昼食のすぐあとの時間だ。早めにこいや。そしたら挨拶できるぞ、バック――おっと――ウィザウィングズに！」

片腕を挙げて上機嫌でおやすみの挨拶をしながら、ハグリッドは正面扉から闇の中へと出ていった。

ハリーは、ロンと顔を見合わせる。ロンも自分と同じく気持ちが落ち込んでいるのがわかる。

「『魔法生物飼育学』を取らないんだろう？」

ロンがうなずく。

「君もだろう？」

ハリーもうなずいた。

「それに、ハーマイオニーも」ロンがつけ足す。「取らないよな？」

ハリーはまたうなずく。お気に入りの生徒が、三人ともハグリッドの授業を取らないと知ったら、ハグリッドはいったいなんと言うか。ハリーは考えたくもない。

第9章　謎のプリンス

次の日の朝食前に、ハリーとロンは談話室でハーマイオニーに会った。自分の説への支持が欲しくて、ハリーは早速、ホグワーツ特急で盗み聞きしたマルフォイの言葉を話して聞かせる。

「だけど、あいつは当然パーキンソンにかっこつけただけだよな？」

ハーマイオニーがなにも言わないうちに、ロンがすばやく口を挟んだ。

「そうねえ」

ハーマイオニーが曖昧に答える。

「わからないわ……自分を偉く見せたがるのはマルフォイらしいけど……でも嘘にしてはちょっと大きすぎるし……」

「そうだよ」

ハリーは相槌を打つも、それ以上は深入りすることができない。というのも、あまりにも大勢の生徒たちがハリーを見つめ、口に手を当ててひそひそ話をするばかりか、ハリーたちの会話に聞き耳を立てているからだ。

「指さしは失礼だぞ」

三人で肖像画の穴から出ていく生徒の列に並びながら、ロンがとくにちっちゃい一年生に噛みつく。片手で口を覆って、ハリーを指して友達にひそひそと話していた男の子はたちまち真っ赤になり、驚いた拍子に肖像画の穴から転がり落ちてしまった。ロンはにやにや笑っている。

「六年生になるって、いいなあ。それに、今年は自由時間があるぜ。まるまる空いている時間だ。ここに座ってのんびりしてればいい」

「その時間は勉強するのに必要なのよ、ロン！」

三人で廊下を歩きながら、ハーマイオニーが釘を刺す。

「ああ、だけど今日はちがう」ロンが言った。「今日は楽勝だと思うぜ」

「ちょっと！」

ハーマイオニーが腕を突き出して、通りがかりの四年生の男子を止める。男の子は、ライムグリーンの円盤をしっかりつかんで、急いでハーマイオニーを追い抜こうとしていた。

「『噛みつきフリスビー』は禁止されてるのよ。よこしなさい」

ハーマイオニーは厳しい口調で言い渡す。しかめ面の男の子は、歯をむき出しているフリスビーを渡し、ハーマイオニーの腕をくぐり抜けて友達のあとを追う。ロンはその姿が見えなくなるのを待って、ハーマイオニーのにぎりしめているフリスビーを引ったくった。

「上出来。これ欲しかったんだ」

ハーマイオニーが抗議する声は、大きなくすくす笑いに呑み込まれた。ラベンダー・ブラウンだ。ロンの言い方がとてもおかしいと思ったらしく、笑いながら三人を追い越し、振り返ってロンをちらりと見る。ロンは、かなり得意げだ。

大広間の天井は、高い格子窓で四角に切り取られて見える外の空と同じく、静かに青く澄み、淡い雲が霞のように流れている。オートミールや卵、ベーコンをかき込みながら、ハリーとロンは、昨夜のハグリッドとのばつの悪い会話についてハーマイオニーに話して聞かせた。

「だけど、私たちが『魔法生物飼育学』を続けるなんて、ハグリッドったら、そんなこと、考えられるはずがないじゃない！」

ハーマイオニーも気落ちした顔になる。

「だって、私たち、いつそんな素振りを……あの……熱中ぶりを見せたかしら？」

「まさに、そこだよ。だろ？」

ロンは目玉焼きを丸ごと飲み込む。

「たしかに授業で一番努力したのは僕たちだ。だけどそれは、ハグリッドが好きだからだよ。だけどハグリッドは、僕たちがあんなばかばかしい学科を好きだと思い込んでる。N・E・W・T（いもり）レベルで、あれを続けるやつがいると思うか？」

ハリーもハーマイオニーも答えない。答える必要もなかった。同学年で「魔法生物飼育学」を続ける生徒が一人もいないことは、はっきりしている。十分後、教職員テーブルを離れる際に陽気に手を振るハグリッドに、三人は目を合わせず、中途半端に手を振り返した。

食事のあと、みなその場にとどまり、マクゴナガル先生が教職員テーブルから降り立つのを待った。時間割を配る作業は、今年はこれまでより複雑だ。マクゴナガル先生はまず最初に、それぞれが希望するN・E・W・Tの授業に必要とされるO・W・L（ふくろう）の合格点が取れているかどうかを、確認する必要があるのだ。

ハーマイオニーは、すぐにすべての授業の継続を許された。呪文学、闇の魔術に対する防衛術、変身術、薬草学、数占い、古代ルーン文字、魔法薬学。そして、一時間目の古代ルーン文字の授業にさっさと飛んでいった。ネビルは処理に少し時間がかかった。マクゴナガル先生がネビルの申込書を読み、O・W・Lの成績と照らし合わせている間、ネビルの丸顔は心配に曇る。

「薬草学。結構」先生が言う。「スプラウト先生は、あなたがO・W・Lで『優・O』を取って授業にもどることをお喜びになるでしょう」

ネビルの顔に明るさがもどる。

「それから『闇の魔術に対する防衛術』は、期待以上の『良・E』で資格がありますす。ただ、問題は『変身術』です。気の毒ですがロングボトム、『可・A』ではN・E・W・Tレベルを続けるには十分ではありません。授業についていけないだろうと思います」

ネビルはうなだれる。マクゴナガル先生は四角いメガネの奥からネビルをじっと見つめた。

「そもそもどうして『変身術』を続けたいのですか？　私は、あなたがとくに授業を楽しんでいるという印象を受けたことはありませんが」

ネビルは惨めな様子で、「ばあちゃんが望んでいます」のようなことをつぶやく。

「ふんっ」

マクゴナガル先生がやれやれという感じで鼻を鳴らす。

「あなたのおばあさまは、どういう孫を持つべきかという考えでなく、あるがままの孫を誇るべきだと気づいてもいいころです――とくに魔法省での一件のあとは」

ネビルは顔中をピンクに染め、まごついて目を瞬かせた。マクゴナガル先生は、これまで一度もネビルを褒めたことがない。

「残念ですが、ロングボトム、私はあなたをN・E・W・Tのクラスに入れることはできません。ただ、『呪文学』では『良・E』を取っていますね――『呪文学』のN・E・W・Tを取ったらどうですか?」

「ばあちゃんが、『呪文学』は軟弱な授業だと思ってます」ネビルが小声で答える。

「『呪文学』をお取りなさい」

マクゴナガル先生が断固として言う。

「私からオーガスタに一筆入れて、思い出してもらいましょう。自分が『呪文学』のO・W・Lに落ちたからといって、学科そのものが必ずしも価値がないとは言えません」

信じられない、といううれしそうな表情を浮かべたネビルに、マクゴナガル先生はちょっとほほえみかけ、まっ白な時間割を杖先でたたいて、新しい授業の詳細が書き込まれた時間割にして渡した。

マクゴナガル先生は、次にパーバティ・パチルに取りかかる。パーバティの最初の質問は、ハンサムなケンタウルスのフィレンツェがまだ「占い学」を教えるかどうかだった。

「今年は、トレローニー先生と二人で授業を分担します」

マクゴナガル先生は不満そうな声で言う。先生が、「占い学」という学科を蔑視していることは周知のことだ。

「六年生はトレローニー先生が担当なさいます」

パーバティは五分後に、ちょっと打ち萎れて「占い学」の授業に出かけた。

「さあ、ポッター、ポッターっと……」

ハリーのほうを向きながら、マクゴナガル先生は自分のノートを調べていた。

「『呪文学』、『闇の魔術に対する防衛術』、『薬草学』、『変身術』……すべて結構です。あなたの『変身術』の成績には、ポッター、私自身満足しています。大変満足です。さて、なぜ『魔法薬学』を続ける申し込みをしなかったのですか？　闇祓いになるのがあなたの志だったと思いますが？」

「そうでした。でも、先生は僕に、Ｏ・Ｗ・Ｌで『優・Ｏ』を取らないとだめだとおっしゃいました」

「たしかに、スネイプ先生が、この学科を教えていらっしゃる間はそうでした。しかし、スラグホーン先生はＯ・Ｗ・Ｌで『良・Ｅ』の学生も、喜んでＮ・Ｅ・Ｗ・Ｔに受け入れます。『魔法薬』に進みたいですか？」

「はい」ハリーが答える。「でも、教科書も材料も、なにも買っていません――」

「スラグホーン先生が、なにか貸してくださると思います」

マクゴナガル先生が請け合った。

「よろしい。ポッター、あなたの時間割です。ああ、ところで——グリフィンドールのクィディッチ・チームに、すでに二十人の候補者が名前を連ねています。追っつけあなたにリストを渡しますから、時間があるときに選抜日を決めればよいでしょう」

しばらくして、ロンもハリーと同じ学科を許可され、二人は一緒にテーブルを離れた。

「どうだい」

ロンが時間割を眺めてうれしそうに言う。

「僕たち、いまが自由時間だぜ……それに休憩時間のあとに自由時間……それと昼食のあと……やったぜ！」

二人は談話室にもどった。七年生が五、六人いるだけで、がらんとしている。ハリーが一年生でクィディッチ・チームに入ったときのオリジナル・メンバーでただ一人残っている、ケイティ・ベルもそこにいた。

「君がそれをもらうだろうと思っていたわ。おめでとう」

離れたところからケイティはハリーの胸にあるキャプテン・バッジを指して声をかけた。

「いつ選抜するのか教えてよ！」

「ばかなこと言うなよ」

ハリーが驚いて声を上げる。

「君は選抜なんか必要ない。五年間ずっと君のプレイを見てきたんだ」

「最初からそれじゃいけないな」

ケイティが警告するように言う。

「わたしよりずっと上手な人がいるかもしれないじゃない。これまでだって、キャプテンが古顔ばっかり使ったり友達を入れたりして、せっかくのいいチームをだめにした例はあるんだよ」

ロンはちょっとばつが悪そうな顔をして、ハーマイオニーが四年生から取り上げた「噛みつきフリスビー」で遊びはじめる。フリスビーは、談話室をうなり声を上げて飛び回り、歯をむき出してタペストリーに噛みつこうとする。クルックシャンクスの黄色い眼がそのあとを追い、近くに飛んでくるとシャーッと威嚇した。

一時間後、二人は、しぶしぶ太陽が降り注ぐ談話室を離れ、四階下の「闇の魔術に対する防衛術」の教室に向かった。ハーマイオニーは重い本を腕一杯抱え、「理不尽だわ」という顔で、すでに教室の外に並んでいる。

「ルーン文字で宿題をいっぱい出されたの」

ハリーとロンがそばに行くと、ハーマイオニーが不安げに言った。

「エッセイを四十センチ、翻訳が二つ、それにこれだけの本を水曜日までに読まなくちゃならないのよ！」

「ご愁傷様」ロンがあくびをした。

「見てらっしゃい」

ハーマイオニーが恨めしげに言い返す。

「スネイプもきっと山ほど出すわよ」

その言葉が終わらないうちに教室のドアが開き、スネイプが、いつものとおり両開きのカーテンのようなねっとりした黒髪で縁取られた土気色の顔で廊下に出てきた。行列がたちまち、しんとなる。

「中へ」スネイプが指示した。

ハリーは、あたりを見回しながら入る。スネイプはすでに、教室にスネイプらしい個性を持ち込んでいた。窓にはカーテンが引かれていつもより陰気くさく、蠟燭で灯りを取っている。壁に掛けられた新しい絵の多くは、身の毛もよだつけがや奇妙にねじ曲がった体の部分をさらして、痛み苦しむ人の姿を描いたものだ。薄暗い中で凄惨な絵を見回しながら、生徒たちは無言で席に着く。

「我輩はまだ教科書を出せとは頼んでおらん」

ドアを閉め、生徒と向き合うため教壇の机に向かって歩きながら、スネイプが言う。ハーマイオニーはあわてて『顔のない顔に対面する』の教科書を鞄にもどし、椅子の下に置いた。

「我輩が話をする。十分傾聴するように」

暗い目が、顔を上げている生徒たちの上を漂う。ハリーの顔に、ほかの顔よりわずかに長く視線が止まった。

「我輩が思うに、これまで諸君はこの学科で五人の教師を持った」

「思う？……スネイプめ、全員が次々といなくなるのを見物しながら、今度こそ自分がその職に就きたいと思っていたくせに」ハリーは心の中で痛烈に嘲る。

「当然、こうした教師たちは、それぞれ自分なりの方法と好みを持っていた。そうした混乱にもかかわらず、かくも多くの諸君が辛くもこの学科のO・W・L合格点を取ったことに、我輩は驚いておる。N・E・W・Tはそれよりずっと高度であるからして、諸君が全員それについてくるようなことがあれば、我輩はさらに驚くであろう」

スネイプは、今度は低い声で話しながら教室の端を歩きはじめる。クラス中が首を伸ばしてスネイプの姿を見失わないようにした。

「『闇の魔術』は――」

スネイプが続ける。

「多種多様、千変万化、流動的にして永遠なるものだ。それと戦うということは、多くの頭を持つ怪物と戦うに等しい。首を一つ切り落としても別の首が、しかも前より獰猛（どうもう）で賢い首が生えてくる。諸君の戦いの相手は、固定できず、変化し、破壊不能なものだ」

ハリーはスネイプを凝視した。危険な敵である「闇の魔術」を侮るべからずというのならうなずける。しかし、いまのスネイプのように、やさしく愛撫（あいぶ）するような口調で語るのは、話がちがうだろう？

「諸君の防衛術は――」

スネイプの声がわずかに高くなる。

「それ故（ゆえ）、諸君が破ろうとする相手の術と同じく、柔軟にして創意的でなければならぬ。これらの絵は――」

絵の前を早足で通り過ぎながら、スネイプは何枚かを指さす。

「術にかかった者たちがどうなるかを正しく表現している。たとえば『磔（はりつけ）の呪文』の苦しみ（スネイプの手は、明らかに苦痛に悲鳴を上げている魔女の絵を指していた）、『吸魂鬼のキス』の感覚（壁にぐったりと寄りかかり、虚ろな目をしてうずくまる魔法使い）、『亡者（もうじゃ）』の攻撃を挑発した者（地上に血だらけの塊（かたまり））」

「それじゃ、『亡者』が目撃されたんですか？」

パーバティ・パチルがかん高い声で聞く。

「まちがいないんですか？『あの人』がそれを使っているんですか？」

「『闇の帝王』は過去に『亡者』を使った」

スネイプが答える。

「となれば、ふたたびそれを使うかも知れぬと想定するのが賢明というものだ。さて……」

スネイプは教室の後ろを回り込み、教壇の机に向かって教室の反対側の端を歩き出した。黒いマントを翻(ひるがえ)して歩くその姿を、クラス全員がまた目で追う。

「……諸君は、我輩(わがはい)の見るところ、無言呪文(むごんじゅもん)の使用に関してはずぶの素人だ。無言呪文の利点はなにか？」

ハーマイオニーの手がさっと挙がる。スネイプはほかの生徒を見渡すのに時間をかけていたが、選択の余地がないことを確認して、ようやくぶっきらぼうにハーマイオニーを指した。

「それでは――ミス・グレンジャー？」

「こちらがどんな魔法をかけようとしているかについて、敵対者になんの警告も発しないことです」

ハーマイオニーが答える。

「それが、一瞬の先手を取るという利点になります」

「『基本呪文集・六学年用』と、一字一句違わぬ丸写しの答えだ」

スネイプが素気なく言った（隅にいたマルフォイがせせら笑う）。

「しかし、概ね正解だ。さよう。呪文を声高に唱えることなく魔法を使う段階に進んだ者は、呪文をかける際、驚きという要素の利点を得る。言うまでもなく、すべての魔法使いが使える術ではない。集中力と意思力の問題であり、こうした力は、諸君の何人かに――」

スネイプはふたたび、悪意に満ちた視線をハリーに向ける。

「欠如している」

スネイプが、先学年の惨憺たる「閉心術」の授業のことを念頭に置いているのはわかっていた。ハリーは意地でもその視線を外すまいとスネイプを睨みつけ、やがてスネイプが視線を外した。

「これから諸君は」スネイプが言葉を続ける。「二人一組になる。一人が無言で相手に呪いをかけようとする。そして相手も同じく無言でその呪いを撥ね返そうとする。では、始めたまえ」

スネイプは知らないのだが、ハリーは先学年、このクラスの半数に（DAのメンバーだった者全員に）「盾の呪文」を教えている。しかし、無言で呪文をかけたことがある者は一人としていない。しばらくすると、当然のごまかしが始まり、声に出して呪文を唱える代わりに、ささやくだけの生徒がたくさんいた。十分後には、例によってハーマイオニーが、ネビルのつぶやく「くらげ足の呪い」を一言も発せずに撥ね返すのに成功した。まっとうな先生なら、グリフィンドールに二〇点を与えただろうと思われる見事な成果なのに――ハリーは悔しかったが、スネイプは知らぬふりだ。相変わらず育ちすぎたコウモリそのものの姿で、生徒が練習する間をバサーッと動き回ると思いきや、課題に苦労しているハリーとロンを、立ち止まって眺める。

ハリーに呪いをかけるはずのロンは、呪文をブツブツ唱えたいのをこらえて唇を固く結び、顔を紫色にしている。ハリーは呪文を撥ね返そうと杖を構え、永久にかかってきそうもない呪いを、やきもきと待ち構えていた。

「悲劇的だな、ウィーズリー」

しばらくしてスネイプが口を開く。

「どれ――我輩が手本を――」

あまりにすばやく自分に杖を向けるスネイプに対して、ハリーは本能的に反応する。無言呪文など頭から吹っ飛んで、ハリーはさけんだ。

「プロテゴ！　護れ！」

強烈な「盾の呪文」に、スネイプはバランスを崩して机にぶつかる。教室中が振り返り、スネイプが険悪な顔で体勢を立てなおすのを見つめていた。

「我輩が無言呪文を練習するように言ったのを、憶えているのか、ポッター？」

「はい」ハリーは突っ張った。

「はい、先生」

「僕に『先生』なんて敬語をつけていただく必要はありません。先生」

自分がなにを言っているのか考える間もなく、言葉が口を衝いて出ていた。ハーマイオニーを含む何人かが息を呑む。しかしスネイプの背後では、ロン、ディーン、シェーマスがよくぞ言ったとばかりにやりと笑っている。

「罰則。土曜の夜。我輩の部屋」

スネイプが憎々しげに言い放つ。

「何人たりとも、我輩に向かって生意気な態度は許さんぞ、ポッター……たとえ『選ばれし者』であってもだ」

「あれはよかったぜ、ハリー！」

それからしばらくして休憩時間に入り安全な場所までくると、ロンがうれしそうに高笑いした。

「あんなこと言うべきじゃなかったわ」

ハーマイオニーは、ロンを睨みながら言う。

「どうして言ったの？」

「あいつは僕に呪いをかけようとしたんだ。もし気づいてないのなら言うけど！」

ハリーは、いきり立って言い返す。

「僕は『閉心術』の授業で、そういうのをいやというほど経験したんだ！　たまにはほかのモルモットを使ったらいいじゃないか？　だいたいダンブルドアはなにをやってるんだ？　あいつに『防衛術』を教えさせるなんて！　あいつが『闇の魔術』のことをどんなふうに話すか聞いたか？　あいつは『闇の魔術』に恋してるんだ！『千変万化、破壊不能』とかなんとか――」

「でも――」ハーマイオニーが冷静に、諭すように言う。「私は、なんだかあなたみたいなことを言ってるなと思ったわ」

「僕みたいな？」

「ええ。ヴォルデモートと対決するのはどんな感じかって、私たちに話してくれたときだけど。あなたはこう言ったわ。呪文をごっそり覚えるのとはちがう、たった一人で、自分の頭と肝っ玉だけしかないんだって――それ、スネイプが言っていたことじゃない？　結局は勇気とすばやい思考だってこと」

ハーマイオニーが、自分の言葉にまるで『基本呪文集』と同じように暗記する価値を認めていてくれたことにすっかり毒気を抜かれ、ハリーは反論もしなかった。

「ハリー、よう、ハリー！」

振り返るとジャック・スローパーだ。前年度のグリフィンドール・クィディッチ・チームのビーターの一人だ。羊皮紙(ようひし)の巻紙を持って急いでやってくる。

「君宛てだ」

スローパーは息を切らしながら言う。

「おい、君が新しいキャプテンだって聞いたけど、選抜はいつだ？」

「まだはっきりしない」

スローパーがチームにもどれたらそれこそ幸運というものだ、とハリーは内心そう思った。

「知らせるよ」

「ああ、そうかぁ。今週の末だといいなと思ったんだけど――」

ハリーは聞いてもいなかった。羊皮紙に書かれた細長い斜め文字には見覚えがある。まだ言い終わっていないスローパーを置き去りにして、ハリーは羊皮紙を開きながら、ロンとハーマイオニーと一緒に急いで歩き出した。

親愛なるハリー

土曜日に個人教授を始めたいと思う。午後八時にわしの部屋にお越し願いたい。今学期最初の一日を、きみが楽しく過ごしていることを願っておる。

敬具

アルバス・ダンブルドア

追伸　わしは「ペロペロ酸飴」が好きじゃ。

「『ペロペロ酸飴』が好きだって？」

ハリーの肩越しに手紙を覗き込んでいたロンが、わけがわからないという顔をする。

「校長室の外にいる、ガーゴイルを通過するための合言葉だよ」

ハリーが声を落とす。

「へんっだ！　スネイプはおもしろくないぞ……僕の罰則(ばっそく)がふいになる！」

休憩の間中、ハリー、ロン、ハーマイオニーは、ダンブルドアがハリーになにを教えるのだろうと推測し合った。ロンは、死喰い人が知らないような、ものすごい呪いとか呪詛(じゅそ)である可能性が高いと言う。ハーマイオニーはそういうものは非合法だと言い、むしろダンブルドアは、ハリーに高度な防衛術を教えたがっているのだろうと言う。休憩の後、ハーマイオニーは「数占い」に出かけ、ハリーとロンは談話室にもどって、いやいやながらスネイプの宿題に取りかかった。それがあまりにも複雑すぎて、昼食後の自由時間にハーマイオニーが二人のところにきたときにも、まだ終わっていなかった（もっとも、ハーマイオニーのおかげで宿題の進み具合は相当早まった）。午後の授業開始のベルが鳴ったときに、ようやく二人は宿題を終えることができた。三人は二時限続きの魔法薬学の授業を受けに、これまで長いことスネイプの教室だった地下牢教室に向かって、通い慣れた通路を下りていった。

教室の前に並んで見回すと、N・E・W・T（いもり）レベルに進んだ生徒はたった十二人しかいない。クラッブとゴイルが、O・W・L（ふくろう）の合格点を取れなかったのは明らかだが、スリザリンからはマルフォイを含む四人が残っている。レイブンクローから四人、ハッフルパフからはアーニー・マクミランただ一人だ。アーニーは気取ったところがあるが、ハリーは嫌いではない。

「ハリー」

ハリーが近づくと、アーニーはもったいぶって手を差し出す。

「今朝は『闇の魔術に対する防衛術』で声をかける機会がなくて。僕はいい授業だと思ったね。もっとも『盾の呪文』なんかは、かのＤＡ常習犯である我々にとっては、むろん旧聞に属する呪文だけど……やあ、ロン、元気ですか？――ハーマイオニーは？」

二人が「元気」までしか言い終わらないうちに、地下牢の扉が開き、スラグホーンが腹を先にして教室から出てきた。生徒が列をなして教室に入るのを迎えながら、スラグホーンはにっこり笑い、巨大なセイウチひげもその上でにっこりの形になっている。ハリーとザビニに対しては、スラグホーンは特別に熱い挨拶をする。

地下牢は常日頃とちがって、すでに蒸気や風変わりな臭気に満ちていた。ハリー、ロン、ハーマイオニーは、ぐつぐつ煮え立ついくつもの大鍋(おおなべ)のそばを通り過ぎながら、なんだろうと鼻をひくひくさせる。スリザリン生四人が一つのテーブルを取り、レイブンクロー生も同様にした。残ったハリー、ロン、ハーマイオニーとアーニーは、一緒のテーブルに着くことになった。四人は金色の大鍋に一番近いテーブルを選んだ。この鍋は、ハリーがいままでに嗅(か)いだ中でも最も蠱惑的(こわくてき)な香りの一つを発散している。なぜかその香りは、糖蜜パイや箒(ほうき)の柄(え)のウッディな匂い、そして「隠れ穴」で嗅(か)いだのではないかと思われる、花のような芳香を同時に思い起こさせた。ハリーは知らぬ間にその香りをゆっくりと深く吸い込み、香りを呑(の)んだかのように、自分が薬の香気に満たされているのを感じた。いつの間にかハリーは大きな満足感に包まれ、ロンに向かって笑いかける。ロンものんびりと笑いを返す。

「さて、さて、さーてと」

スラグホーンが口を開いた。巨大な塊のような姿が、いく筋も立ち昇る湯気の向こうでゆらゆら揺れて見える。

「みな、秤を出して。魔法薬キットもだよ。それに『上級魔法薬』の……」

「先生?」ハリーが手を挙げた。

「ハリー、どうしたのかね?」

「僕は本も秤もなにも持っていません――ロンもです――僕たちN・E・W・T資格が取れるとは思わなかったものですから、あの――」

「ああ、そうそう。マクゴナガル先生がたしかにそうおっしゃっていた……心配には及ばんよ、ハリー、まったく心配ない。今日は貯蔵棚にある材料を使うといい。秤も問題なく貸してあげられるし、教科書も古いのが何冊か残っている。フローリシュ・アンド・ブロッツに手紙で注文するまでは、それで間に合うだろう……」

スラグホーンは隅の戸棚にずんずん歩いていき、中をガザガサやって、やがて、だいぶくたびれた感じのリバチウス・ボラージ著『上級魔法薬』を二冊引っぱり出した。スラグホーン先生は、黒ずんだ秤と一緒にその教科書をハリーとロンに渡した。

「さーてと」

スラグホーンは教室の前にもどり、もともとふくれている胸をさらにふくらませる。チョッキのボタンがはじけ飛びそうだ。

「みなに見せようと思って、いくつか魔法薬を煎じておいた。ちょっとおもしろいと思ったのでね。N・E・W・Tを終えたときには、こういうものを煎じることができるようになっているはずだ。まだ調合したことがなくとも、名前ぐらいは聞いたことがあるはずだ。これがなんだか、わかる者はおるかね？」

スラグホーンは、スリザリンのテーブルに一番近い大鍋を指さした。ハリーが椅子からちょっと腰を浮かして見ると、単純に湯が沸いているように見える。

挙げる修練を十分に積んでいるハーマイオニーの手が、真っ先に天を突く。スラグホーンはハーマイオニーを指した。

「『真実薬』です。無色無臭で、飲んだ者にむりやり真実を話させます」ハーマイオニーが答えた。

「大変よろしい、大変よろしい！」スラグホーンがうれしそうに言う。

「さて」次にスラグホーンが、レイブンクローのテーブルに近い大鍋を指した。

「ここにあるこれは、かなりよく知られている……最近、魔法省のパンフレットにも特記されていた……だれか――？」

またしてもハーマイオニーの手が一番早かった。

「はい先生、ポリジュース薬です」

ハリーだって、二番目の大鍋でゆっくりとぐつぐつ煮えている、泥のようなものがなにかはわかっていた。しかし、ハーマイオニーがその質問に答えるという手柄を横取りしても恨みには思わない。二年生のときにあの薬を煎(せん)じるのに成功したのは、結局ハーマイオニーだったのだから。

「よろしい、よろしい！　さて、こっちだが……おやおや？」

ハーマイオニーの手がまた天を突いたので、スラグホーンはちょっと面食らった顔をしている。

「アモルテンシア、魅惑万能薬(みわくばんのうやく)！」

「そのとおり。聞くのはむしろ野暮だと言えるだろうが――」

スラグホーンは大いに感心した顔で聞く。

「どういう効能があるかは知っているだろうね？」

「世界一強力な愛の妙薬です」ハーマイオニーが答えた。

「正解だ！　察するに、真珠貝(しんじゅがい)のような独特の光沢でわかったのだろうね？」

「それに、湯気が特異の螺旋(らせん)を描いています」

ハーマイオニーが熱(ひ)っぽく言う。

「そして、なにに惹かれるかによって、一人ひとりちがった匂いがします。私には刈ったばかりの芝生や新しい羊皮紙(ようひし)や――」

しかし、ハーマイオニーはちょっと頬を染め、最後までは言わなかった。

「君のお名前を聞いてもいいかね？」

ハーマイオニーがどぎまぎしているのは無視して、スラグホーンがたずねる。

「ハーマイオニー・グレンジャーです。先生」

「グレンジャー？　グレンジャー？　ひょっとして、ヘクター・ダグワース－グレンジャーと関係はないかな？　超一流魔法薬師協会の設立者だが？」

「いいえ、ないと思います。私はマグル生まれですから」

マルフォイがノットのほうに体を傾けて、なにか小声で言うのをハリーは見た。二人ともせせら笑っている。しかしスラグホーンはまったくうろたえる様子もなく、逆ににっこり笑って、ハーマイオニーと隣にいるハリーとを交互に見る。

「ほっほう！『僕の友達の一人もマグル生まれです。しかもその人は学年で一番です！』。察するところ、この人が、ハリー、まさに君の言っていた友達だね？」

「そうです、先生」ハリーが答える。

「さあ、さあ、ミス・グレンジャー、あなたがしっかり獲得した二〇点を、グリフィンドールに差し上げよう」スラグホーンが愛想よく言った。

マルフォイは、かつてハーマイオニーに顔面パンチを食らったときのような表情をしている。ハーマイオニーは顔を輝かせてハリーを振り向き、小声で言う。

「本当にそう言ったの？　私が学年で一番だって？　まあ、ハリー！」

「でもさ、そんなに感激することか？」

ロンはなぜか気分を害した様子で、小声で反論する。

「君はほんとに学年で一番だ――先生が僕に聞いてたら、僕だってそう言うぜ！」

ハーマイオニーはほほえんだが、「しーっ」という動作をした。スラグホーンがなにか言おうとしていたからだ。ロンはちょっとふて腐れる。

『魅惑万能薬』はもちろん、実際に愛を創り出すわけではない。愛を創ったり模倣したりすることは不可能だ。それはできない。この薬は単に強烈な執着心、または強迫観念を引き起こす。この教室にある魔法薬の中では、おそらく最も危険で強力な薬だろう――ああ、そうだとも」

スラグホーンは、小ばかにしたようにせせら笑っているマルフォイとノットに向かって重々しくうなずく。

「わたしぐらい長く人生を見てきた者は、妄執的な愛の恐ろしさを侮ったりはしないものだ……」

「さてそれでは――」

スラグホーンが宣言した。

「実習を始めよう」

「先生、これがなにかを、まだ教えてくださっていません」

アーニー・マクミランが、スラグホーンの机に置いてある小さな黒い鍋を指さしながらたずねる。中の魔法薬が、楽しげにピチャピチャ跳ねている。金を溶かしたような色で、表面から金魚が跳び上がるようにしぶきが撥ねているのに、一滴もこぼれていない。

「ほっほう」

口癖が出た。スラグホーンは、この薬を忘れていたわけではなく、劇的な効果を狙って、だれかが質問するのを待っていたようだ。そうにちがいない。

「そう。これね。さて、これこそは、紳士淑女諸君、最も興味深い、ひと癖ある魔法薬で、フェリックス・フェリシスと言う。きっと――」

スラグホーンはほほえみながら、あっと声を上げて息を呑んでいるハーマイオニーを見つめた。

「君は、フェリックス・フェリシスがなにかを知っているね？　えっ、ミス・グレンジャー？」

「幸運の液体です」

ハーマイオニーが興奮気味に言った。

「人に幸運をもたらします！」

教室中が背筋を正したようだ。マルフォイもついに、スラグホーンに全神経を集中させたらしく、ハリーのところからは滑らかなブロンドの髪の後頭部しか見えなくなった。

「そのとおり。グリフィンドールにもう一〇点あげよう。そう。この魔法薬はちょっとおもしろい。フェリックス・フェリシスはね――」

スラグホーンは、手品の種明しをするような得意顔で言う。

「調合が恐ろしく面倒で、まちがえると惨憺たる結果になる。しかし、正しく煎じれば、ここにあるのがそうだが、すべての企てが成功に傾いていくのがわかるだろう……少なくとも薬効が切れるまでは」

「先生、どうしてみんな、しょっちゅう飲まないんですか？」

テリー・ブートが勢い込んで聞く。

「それは、飲みすぎると有頂天になったり、無謀になったり、危険な自己過信に陥るからだ」スラグホーンが答える。「過ぎたるはなお、ということだな……大量に摂取すれば毒性が高い。しかし、ちびちびと、ほんのときどきなら……」

「先生は飲んだことがあるんですか？」マイケル・コーナーが興味津々で聞いた。

「二度ある」

スラグホーンが言う。

「二十四歳のときに一度、五十七歳のときにも一度。朝食と一緒に大さじ二杯だ。

完全無欠な二日だった」

スラグホーンは、夢見るように遠くを見つめた。演技しているのだとしても――とハリーは思う――効果は抜群だった。

「そしてこれを」

スラグホーンは、現実に引きもどされたような雰囲気で宣言する。

「今日の授業の褒美として提供する」

しんとなった。まわりの魔法薬がグツグツ、ブツブツ言う音がいっせいに十倍になったようだ。

「フェリックス・フェリシスの小瓶一本」

スラグホーンはコルク栓をした小さなガラス瓶をポケットから取り出して全員に見せた。

「十二時間分の幸運に十分な量だ。明け方から夕暮れまで、なにをやってもラッキーになる」

「さて、警告しておくが、フェリックス・フェリシスは組織的な競技や競争事では禁止されている……たとえばスポーツ競技、試験や選挙などだ。これを獲得した生徒は、通常の日にだけ使用すること……そして通常の日がどんなに異常にすばらしくなるかを御覧じろ！」

「そこで――」

　スラグホーンは急にきびきびした口調に変わる。

「このすばらしい賞をどうやって獲得するか？　さあ、『上級魔法薬』の十ページを開くことだ。あと一時間と少し残っているが、その時間内に、『生ける屍の水薬』にきっちりと取り組んでいただこう。これまで君たちが習ってきた薬よりずっと複雑なことはわかっているから、だれにも完璧な仕上がりは期待していない。しかし、一番よくできた者が、この愛すべきフェリックスを獲得する。さあ、始め！」

　それぞれが大鍋を手元に引き寄せる音がして、秤に錘を載せるコツンコツンという大きな音も聞こえてくる。口をきく者はだれもいない。部屋中が固く集中する気配は、手で触れられるかと思うほどだ。マルフォイを見ると、『上級魔法薬』を夢中でめくっている。マルフォイが、なんとしても幸運な日が欲しいと思っているのは、一目瞭然だ。ハリーも急いで、スラグホーンが貸してくれたボロボロの本を覗き込む。

　前の持ち主がページ一杯に書き込みをしていて、余白が本文と同じくらい黒々としているのには閉口する。いっそう目を近づけて材料をなんとか読み取り（前の持ち主は材料の欄にまでメモを書き込んだり、活字を線で消したりしている）、必要な物を取りに材料棚に急ぐ。自分の大鍋にもどる際に、マルフォイが全速力でカノコソウの根を刻んでいるのが見えた。

全員が、ほかの生徒のやっていることをちらちら盗み見ている。魔法薬学のよい点でも悪い点でもあるが、自分の作業を隠すことは難しい。十分後、あたり全体に青みがかった湯気が立ち込めた。言うまでもなく、ハーマイオニーが一番進んでいるようだ。煎じ薬がすでに、教科書に書かれている理想的な中間段階、「滑らかなクロスグリ色の液体」になっている。

ハリーも根っこを刻み終わり、もう一度本を覗き込んだ。前の所有者のばかばかしい走り書きが邪魔で、教科書の指示が判読しにくいのにはまったくいらいらさせられる。この所有者は、なぜか「催眠豆」の切り方の指示に難癖をつけ、別の指示を書き込んでいる。

「銀の小刀の平たい面で砕け。切るより多くの汁が出る」

「先生、僕の祖父のアブラクサス・マルフォイをご存知ですね？」

ハリーは目を上げる。スラグホーンがスリザリンのテーブルを通り過ぎるところだった。

「ああ」スラグホーンはマルフォイを見ずに答える。「お亡くなりになったと聞いて残念だった。もっとも、もちろん、予期せぬことではなかった。あの歳での龍痘だし……」

そしてスラグホーンはそのまま歩き去る。ハリーはにやっと笑みを浮かべながらふたたび自分の大鍋にかがみ込む。マルフォイは、ハリーやザビニと同じような待遇を期待したにちがいない。おそらくスネイプに特別扱いされる癖がついていて、同じような待遇を望んだのだろう。しかし、フェリックス・フェリシスの瓶を獲得するには、マルフォイ自身の才能に頼るしかないようだ。

「催眠豆」はとても刻みにくかった。ハリーはハーマイオニーを見る。

「君の銀のナイフ、借りてもいいかい？」

ハーマイオニーは自分の薬から目を離さず、いらだちを隠さずうなずく。薬はまだ深い紫色をしている。教科書によれば、もう明るいライラック色になっていなければならない。

ハリーは小刀の平たい面で豆を砕く。驚いたことに、たちまち、こんな萎びた豆のどこにこれだけの汁があったかと思うほどの汁が出てきた。急いで全部すくって大鍋に入れると、なんと、薬はたちまち教科書どおりのライラック色に変わった。

前の所有者を不快に思う気持ちは、たちまち吹き飛んだ。今度は目を凝らして次の行を読む。教科書によると、薬が水のように澄んでくるまで時計と反対回りに攪拌しなければならない。しかし追加された書き込みでは、七回攪拌するごとに、一回時計回りを加えなければならないとある。書き込みは二度目も正しいのだろうか？

ハリーは時計と反対回りにかき回し、息を止めて時計回りの一回を追加する。たちまち効果が現れた。薬はごく淡いピンク色に変わった。

「どうやったらそうなるの?」

顔を真っ赤にしてハーマイオニーが詰問する。大鍋（おおなべ）からの湯気でハーマイオニーの髪はますますふくれ上がっている。しかし、ハーマイオニーの薬は頑としてまだ紫色のままだ。

「時計回りの攪拌を加えるんだ——」

「だめ、だめ。本では時計と反対回りよ!」ハーマイオニーはぴしゃりと撥（は）ねつける。

ハリーは肩をすくめ、同じやり方を続けた。七回時計と反対、一回時計回り、休み……七回時計と反対、一回時計回り……。

テーブルの向かい側で、ロンが低い声で絶え間なく悪態をついている。ロンの薬は液状の甘草飴（かんぞうあめ）のようだ。ハリーはあたりを見回す。目の届くかぎり、ハリーの薬のような薄い色になっている液は一つもない。ハリーは気持ちが高揚した。この地下牢でそんな気分になったことは、これまで一度もない。

「さあ、時間……終了!」スラグホーンが声をかけた。「攪拌、やめ!」

スラグホーンは大鍋を覗き込みながら、なにも言わずに、ときどき薬をかき回したり臭いを嗅（か）いだりして、ゆっくりとテーブルを巡った。ついに、ハリー、ロン、ハーマイオニーとアーニーのテーブルの番がきた。ロンの大鍋のタール状の物質を見て、スラグホーンは気の毒そうな笑いを浮かべ、アーニーの濃紺の調合物は素通りする。ハーマイオニーの薬には、よしよしとうなずく。次にハリーのを見たとたん、信じられないという喜びの表情がスラグホーンの顔に広がった。

「まぎれもない勝利者だ！」

スラグホーンが地下牢中に呼ばわる。

「すばらしい、すばらしい、ハリー！　なんと、君は明らかに母親の才能を受け継いでいる。彼女は魔法薬の名人だった。あのリリーは！　さあ、さあ、これを——約束のフェリックス・フェリシスの瓶だ。上手に使いなさい！」

ハリーは金色の液体が入った小さな瓶を、内ポケットに滑り込ませた。妙な気分だった。スリザリン生の怒った顔を見るのはうれしかったが、ハーマイオニーのがっかりした顔を見ると罪悪感を感じる。ロンはただ驚いて口もきけない様子だ。

「どうやったんだ？」地下牢を出るとき、ロンが小声で聞いた。

「ラッキーだったんだろう」マルフォイが声の届くところにいたので、ハリーはそう答えておいた。

しかし、夕食のグリフィンドールの席に落ち着くや、ハリーはもう二人に話しても安全だと判断して話しはじめた。ハリーが一言話を進めるたびに、ハーマイオニーの顔が次第に石のように固くなる。

「僕が、ずるしたと思ってるんだろ？」

ハーマイオニーの表情にいらつきながら、ハリーは話し終えた。


「まあね、正確にはあなた自身の成果だとは言えないでしょ？」

ハーマイオニーが固い表情のままで言う。

「僕たちとはちがうやり方に従っただけじゃないか」ロンが言った。

「大失敗になったかもしれないだろ？　だけどその危険を冒した。そしてその見返りがあった」ロンはため息をつく。「スラグホーンは僕にその本を渡してたかもしれないのに、外れだったなあ。僕の本にはだれもなんにも書き込みしてなかった。ゲロしてた。五十二ページの感じでは。だけど――」

「ちょっと待ってちょうだい」

ハリーの左耳の近くで声がした。同時に突然ハリーの鼻に、スラグホーンの地下牢で嗅いだあの花のような香りが漂ってくる。見るとジニーがそばにきていた。

「聞きちがいじゃないでしょうね？　ハリー、あなた、だれかが書き込んだ本の命令に従っていたの？」

ジニーは動揺し、怒っている。なにを考えているのか、ハリーにはすぐわかった。

「なんでもないよ」ハリーは低い声で、安心させるように言う。

「あれとはちがうんだ、ほら、リドルの日記とは。だれかが書き込みをした古い教科書にすぎないんだから」

「でも、あなたは、書いてあることに従ったんでしょう?」

「余白に書いてあったヒントを、いくつか試してみただけだよ。ほんと、ジニー、なんにも変なことは――」

「ジニーの言うとおりだわ」

ハーマイオニーがたちまち活気づく。

「その本におかしなところがないかどうか、調べてみる必要があるわ。だって、いろいろ変な指示があるし。もしかしたらってこともあるでしょ?」

「おい!」

ハーマイオニーがハリーの鞄から『上級魔法薬』の本を取り出し、杖(つえ)を上げたので、ハリーは憤慨した。

「スペシアリス・レベリオ! 化けの皮 はがれよ!」

ハーマイオニーは表紙をすばやくコツコツたたきながら唱えた。

なんにも、いっさいなんにも起こらない。教科書はおとなしく横たわっている。古くて汚くて、ページの角が折れているだけの本だ。

「終わったかい?」ハリーがいらつきながら言う。「それとも、二、三回とんぼ返りするかどうか、様子を見てみるかい?」

「大丈夫そうだわ」

ハーマイオニーはまだ疑わしげに本を見つめている。

「つまり、見かけはたしかに……ただの教科書」

「よかった。それじゃ返してもらうよ」

ハリーはテーブルから本を取り上げようとして手を滑らせ、床に落とした。本が裏表紙を開いた。

ほかにはだれも見ていなかった。ハリーはかがんで本を拾ったが、その拍子に、裏表紙裏の下のほうになにか書いてあるのが見えた。小さな読みにくい手書き文字。いまはハリーの寝室のトランクの中に、ソックスに包んで安全に隠してある、あのフェリックス・フェリシスの瓶（びん）を獲得させてくれた指示書きと同じ筆跡だ。

〝半純血のプリンス蔵書〟

本書は単行本二〇〇六年五月（静山社刊）、
携帯版二〇一〇年三月（静山社刊）を
三分冊にした「1」です。

装画　おとないちあき
装丁　坂川事務所

ハリー・ポッター文庫14
ハリー・ポッターと謎のプリンス〈新装版〉6-1

2022年10月6日　第1刷発行

作者　J.K.ローリング

訳者　松岡佑子

発行者　松岡佑子

発行所　株式会社静山社
〒102-0073　東京都千代田区九段北1-15-15
電話 03-5210-7221
https://www.sayzansha.com

印刷・製本　中央精版印刷株式会社

ISBN978-4-86389-693-2 Printed in Japan
Published by Say-zan-sha Publications Ltd.